KB073620

정종기 수필집

커피는
무엇으로
마시는가

책:봄

5분의 법칙

'일만 시간의 법칙'이라는 것이 있다. 무슨 일에든 일만 시간을 집중하여 투자하면 그 분야에서 괄목할 만한 성취를 얻을 수 있다는 뜻이다. 일만 시간이 쌓이려면 하루 3시간씩 10년, 6시간씩이면 5년이 필요하다. 이 법칙은 본업(本業) 이외의 분야에 적용하는 것이 보통이다. 어떤 사람이 퇴근 후에 자기가 좋아하는 분야에 하루 3시간씩 10년을 꾸준히 투입하면 그 분야에서 일인자나 전문가로 인정받을 수 있다는 말이다. 실제로 그렇게 해서 본업마저 바꾸는 사람들도 있다.

일만 시간의 법칙에 관념적으로는 공감하지만 거대한 산 같아서 감히 덤벼들기가 망설여진다. 이에 비하여 '5분의 법칙'은 일단 만만해 보인다. 5분은 태세를 전환하는 시간이다.

게으름뱅이는 어떤 일에 매달리면 다른 일을 하지 못한다. 쉬다보면 일을 시작하기 어렵고 일을 하는 동안에는 휴식을 잊어버린다. 워커홀릭이라는 것도 일종의 게으름인 셈이다. 그런데 이 게으른 사람이 어떤 계기로 5분간 '다른 일'에 손을 대면 5분이 50분이 되고 5일이 되어 장(場)과 태세를 전환하는 것이다.

시집 발간 후에 시의 샘은 막히고 수필거리만 끝없이 떠오르는데, 그런 편린(片鱗)들을 수백 개 모아놓고도 게으름을 한껏 부리면서 여러 해를 보냈다. 그러다가 문학 동인(同人) 모임 조방익 총무한테서 전화를 받았다.

"정 시인, 오래 못 봤네그려."
"시(詩)가 오지를 않네."
"시가 안 되면 수필이라도 하나 써 오지."
"그러면 그래 볼까?"

이리하여 약속을 지키기 위해 수필을 하나 정리하기 시작한 것이 며칠 사이에 수십 편이 되고 한 달 만에 100편을 넘겼다.

자꾸 들여다보면 부끄러움으로 출간하기 어려울 것이다. 눈을 질끈 감고 상재(上梓)한 후 다시 시(詩)로 태세를 전환하여 두 번째 시집을 준비하고자 한다. 발문을 써 주신 이복규 박사님과 책봄 한은희 대표님께 감사드리며, 읽어주실 모든 이들의 허심탄회한 질정(叱正)을 바라마지 않는다.

2024년 1월 1일
관악산 기슭에서
정종기

차례

제1부

도(道)를 깨친 듯이 산다

인생 여행

••• 책을 버리기가 쉽지 않다. 책마다 사연이 있으니 그것을 들추다보면 헤어지기가 어렵다. 그래서 '다시 읽을 책'만 남기고 다 버렸다. 그랬더니 서가(書架)의 절반이 비었다. 필기구는 또 왜 이리 많은지…. 색깔별로 몇 자루만 남기고 모조리 분해해서 버린다.

나의 첫 직장은 을지로에 있었다. 종암동에서 친구와 자취를 하다가 불암동의 형님댁으로 옮긴 것이 첫 번째 이사였을 것이다. 퇴근 후 종암동에 들러 등산용 배낭에다 짐을 담아서 불암동으로 이동하기를 서너 번 하니 이사가 끝났었다.

그 후에 거처를 옮길 때마다 짐이 눈덩이처럼 불어났다. 지금 다시 이사를 하려면 5톤 트럭도 감당을 못할 지경이다. 포장 이사를 맡기니 뭘 버리고 싶어도 버릴 틈이 없고, 어디에 무엇이 들어있는지 알지도 못하는 형편이다. 이 많은 살림살이는 정말 다 필요한 것들일까?

전에 직장 동료 대여섯이 제주도 여행을 한 적이 있었는데, 일행

중 M 선생의 캐리어가 제주 공항에 배송되지 않았다. 공항 직원의 실수로 가방이 대구로 잘못 갔다가 본가로 되돌아갔다고 한다. 김 선생은 난감한 처지였지만 칫솔을 하나 산 것 외에는 별 불편 없이 여러 날의 여행을 마쳤다. 사실 내가 캐리어에 욱여넣은 많은 물건들 중에는 여행 중에 한 번도 꺼내지 않은 것들이 많았다.

인생은 여행인가, 상주(常住)인가? 선현들이 여행이라 하였으니 여행이 맞을 것이다. 여행이라면 짐보따리가 너무 무거운 것은 아닐까? 어차피 돌아갈 덧없는 2박 3일인데 뭘 이렇게 많이 짊어진 것일까?

오스트로프스키의 질문

••• 삶이란 무엇인가, 어떻게 살아야 하는가? 인생에 대한 이런 근본
적인 질문을 오스트로프스키의 질문이라고 한다. 100년쯤 전에 활동
했던 러시아의 소설가 니콜라이 오스트로프스키의 소설 《강철은 어
떻게 단련되는가》에서 유추된 말일 것이다.

'강철은 어떻게 단련되는가?'라는 질문에는 '인간의 본질은 철(鐵)
이며, 인생이란 강철로 연단되어 가는 과정이다'라는 함의(含意)가
있다. 시련과 고통은 삶이 피할 수 없는 과정이며 그것이 클수록 더
강한 인간이 만들어진다는 말이다.

모든 좋은 문학작품은 근본적 질문에 대한 답을 추구한다. 물론
'인생이란 무엇인가?'에 무게를 두는 작품과 '어떻게 살아야 하는가?'
에 초점을 맞추는 작품의 차이는 있다. 전자가 미학적·철학적인 작
품이라면 후자는 현실 참여적인 작품이며 상황에 따라 사회주의적·
저항적 색채를 띠기도 한다.

문학뿐 아니라 철학이나 예술, 종교도 표현 방식이 다를 뿐 근원
적인 질문에 대한 답을 탐구한다는 점에서 그 지향이 같다. 고갱의

그림 〈우리는 어디서 왔는가 우리는 무엇인가 우리는 어디로 가는가〉는 톨스토이의 소설 〈사람은 무엇으로 사는가〉의 변주(變奏)인 셈이다.

근원적 질문에 대한 정답은 없다. 다만 그 답을 탐색하는 과정이 있을 뿐이다. 우리는 다 영성(靈性)을 잃어버린 맹인들이다. 혹은 어둠 속에서 더듬거리며 앞으로 나아가는 벌레들이다. 선각자, 철인(哲人), 예술가들은 더듬이가 조금 더 발달된 벌레일 뿐이다. 그들은 우리가 누구이며 어디로 가고 있는지에 대한 깨달음을 제 나름의 방식으로 표현한다. 우리는 그것이 정답도 아니고 모범 답안도 아닌 것을 알지만 고개를 끄덕이며 조심스럽게 갈무리하고 또 다른 답을 듣기 위해 귀를 기울인다.

우리가 언젠가는 이 어둠의 동굴을 벗어나 밝은 세상으로 나갈 수 있을까? 어느 날엔가는 벌레의 몸을 벗고 날개가 돋아 힘차게 하늘을 날 것인가? 나는 그렇게 믿는다.

무하유지향(無何有之鄕)의 큰 나무

●●● 삶의 방식을 묻는 근원적 질문에 대해서 동양 철학의 두 원류 (原流)인 공맹(孔孟)과 노장(老莊)의 대답이 사뭇 다르다. 20세기는 공맹의 시대였다. 치열하게 경쟁하고 성취하여 축적했다. 그리하여 삶은 외견상 풍요를 누리게 되었지만 정신세계는 오히려 피폐해졌다. 가진 자는 외롭고 못 가진 자는 배고픈 21세기를 맞이하여 부득불 공맹을 덮고 노장을 다시 꺼내 보게 되었다. '빨리빨리'보다 '느림'이 주목을 받게 된 것이다.

장자(莊子)의 '소요유(逍遙遊)'는 '느림'을 가장 잘 구현한다. 제목 세 글자에 모두 책받침 변(辶)이 있다. 책받침 변은 '쉬엄쉬엄 갈 착(辵)'의 변형이다. '소(逍)'는 소풍간다는 뜻이고, '요(遙)'는 멀리 간다는 뜻이며, '유(遊)'는 노닌다는 뜻이다. 갈 때도 놀고, 올 때도 놀고, 또 틈나는 대로 쉬는 것이 소요유의 삶이다. 혜자(惠子)가 장자를 만나 '쓸모없이 큰 나무'에 대한 걱정을 털어놓자 장자가 이렇게 대답한다.

"당신은 큰 나무를 두고 쓸데없이 근심하고 있습니다. 어째서 무하유지향(無何有之鄕)에 그것을 심어 두고 광막한 들판에서 무위(無爲)의 날을 보내며 그 곁을 소요(逍遙)하다가 그 아래 누워 낮잠을 잘 생각을 하지 않습니까? 그 나무는 도끼에 찍히지 않을 것이며 아무 것도 그것을 해치지 않을 것입니다. 쓸데없다고 해서 그것이 어찌 괴로움이 되겠습니까?"

무하유지향은 유토피아처럼 '아무 데도 없는 곳'이지만 장자 사상에서는 무위자연(無爲自然)의 도가 이루어진 곳, 생사도 없고 시비도 없으며 인위적인 것도 없는 세상, 또는 그러한 마음의 상태를 가리킨다.

무하유지향의 큰 나무 아래서 거닐다가 낮잠이나 자는 것이 공맹(孔孟)의 입장에서는 게으름이지만 노장(老莊)의 관점에서는 느림이다. 인생은 수단이 아니고 삶의 과정이 곧 목적이니 목표와 일정(日程)에 쫓기며 안달하지 말고 여행 자체를 즐겨라.— 이것이 21세기 인간을 향한 노장(老莊)의 권면이다.

도(道)를 깨친 듯이 산다

••• Y 공업고등학교에 근무할 때였다. 점심시간에 어떤 보험회사 영업사원이 와서 설문지를 한 장씩 나누어준다. 그것을 작성해 주었더니 답례라면서 동그란 통에서 돌돌 만 종이를 뽑아 주었다. 나는 크리스천으로서 사주 따위를 안 믿기 때문에 바로 쓰레기통에 버렸는데, 옆자리의 H 선생님은 그걸 펴보고 있다.

내가 넘겨다보니 '여자 문제로 골치를 앓는다'나 그런 말이 적혀 있었다. H 선생님의 외견상 점잖은 인품과는 거리가 먼 말이었다. 그런데 뜻밖에 그분은 얼굴이 벌게지면서, "어떻게 알았지?" 하는 것이었다. 나는 화들짝 놀라 쓰레기통에 버린 종이를 다시 찾았다. 거기에는 이렇게 씌어 있었다.

— 젊어서부터 도(道)를 깨친 듯이 산다.

'도를 깨쳐서'가 아니라 '도를 깨친 듯이'라니, 그것이 과연 칭찬이었을까? 그 후 세월이 많이 흘렀지만 나는 여전히 도를 깨치지는 못하고 다만 '도가 무엇인지' 생각하면서 산다.

'아침에 도를 들으면 저녁에 죽어도 좋다(朝聞道夕死可矣)'는 말이 있다. 아침에 도를 들었는데 왜 저녁까지 기다리는가? 도를 들었거나 깨쳤어도 행하지 못하면 아무 소용이 없기 때문이다. 아침에서 저녁까지, 그 하루는 그가 도를 행(行)하는 시간이다.

도를 행하는 사람이 되었다면 바로 죽어도 여한이 없을 것이다. 그것이 잘 안 되니 시행착오를 거듭하면서 도를 생각하고 기다리며 연습한다. 그것이 인생이다.

문상(問喪)과 애도(哀悼)

●●● 동료 교사의 부친이 돌아가셨다. 나는 상가(喪家)에 가서 몹시 슬퍼하는 얼굴로 문상(問喪)을 하고 밥을 먹으면서 잡담을 나누었다. 망인(亡人)이 북한 출신으로 외로운 집안이라기에 화장장까지 따라가서 운구(運柩)를 도왔다. 망인과는 일면식도 없으니 애도(哀悼)하는 마음이 일어날 리 없다. 다만 상제(喪制)와의 친교가 있어 성의를 보인 것일 뿐이다.

돌아오는 길에 생각해 보았다. 애도는 무엇인가? 그것이 가능한 것인가? SNS에서 누군가의 혈육이 죽어서 부고(訃告)가 뜨면 '삼가 고인의 명복을 빕니다'라는 댓글이 줄지어 달리곤 하는데, 정말로 명복을 비는 것일까? 나는 댓글을 달지 못한다. 생면부지(生面不知)의 사람이 죽었다고 해서 뜬금없이 명복을 비는 마음이 일어나지 않기 때문이다.

데리다는 췌장암으로 2004년 10월 9일에 죽었다. 션 가스톤(Sean Gaston)이라는 철학자가 데리다의 장례식이 있던 날인 10월 12일부터 52일 동안 데리다의 사상과 삶의 자취에 대한 자신의 성찰을 52

편의 글로 써서 《자크 데리다에 대한 불가능한 애도(The Impossible Mourning of Jacques Derrida)》라는 책을 냈다.

그렇게 하루하루 데리다에 대한 글을 쓰는 것이 그 철학자가 데리다를 애도하는 방식이었다. 왜냐하면 그것은 데리다가 남긴 명제 — '나는 애도한다. 고로 존재한다(I mourn therefore I am)'— 를 실현한 것이었기 때문이다. '나는 생각한다. 고로 존재한다'라는 데카르트의 실존주의적 명제가 사유하는 주체와 타자와의 관계성을 드러낸 것이라면 데리다는 여기에 정의적(情意的) 색채를 덧입혀서 애도하는 주체를 부각시킴으로써 인간이 '함께 살아가는' 존재임을 강조하였다.

인간관계의 정화(精華)라 할 수 있는 우정이나 사랑도 애도를 내포한다. 두 사람의 관계가 형성되자마자 애도는 시작된다. 그들의 관계가 진실하고 영속적인 것이라면, 둘 중 한 사람은 다른 친구(연인)의 죽음을 목도해야 하기 때문이다. 그래서 애도란 인간으로 살아가는 가장 근원적인 존재 방식이 되는 것이다. 그러므로 우정이나 사랑의 관계가 주는 즐거움과 기쁨의 이면에 언제나 '애도'가 잠재하고 있다.

2018년 7월 23일에 한 유명한 정치인이 죽었다. 강남순 교수는 데리다를 인용하면서 그의 죽음을 이렇게 애도하였다.

— 데리다는 '살아남음(surviving)'이 애도의 다른 이름이라고 한다. 죽은 자가 다 이루지 못한 삶까지 짊어지고, 이 삶을 살아나가는 것이 애도의 다른 이름이다. 이런 의미에서 애도란 살아남은 자들의 책임과 의무이기도 한 것이다.

그런데 우리가 쉽게 빠질 수 있는 애도의 위험성이 있다. 죽은 자에 대한 이상화(idealization)나 내면화(interiorization)로 빠지는 것이다. 이 이상화와 내면화는 애도하는 이들이 경계해야 할 위험성이다. 진정한 애도는 그 사람에 대한 이상화나, 그 죽음을 좌절로 내면화하는 것이 아니다. 그가 보고자 했던 세계, 주변인들에 대한 연민과 연대, 평등과 정의가 일상이 되는 사회에 대한 희망을 끌어안고서 '살아남는 것(surviving)'— 이것이 진정한 애도일 것이다.

사람은 무엇으로 사는가

●●● 고스트 월드(Ghost world)라는영화가 있다. 사춘기 소녀의 성장
담이라고 할 수 있는 이 영화의 어떤 삽화가 인상적이다.

노먼(Norman)이라는, 얼이 빠진 것 같은 노인이 날마다 버스정류
장의 벤치에 앉아 버스를 기다리고 있는데 그 정류장에는 'not in
service'라는 공지가 붙어 있다. 그 버스 노선은 오래 전에 폐쇄된 것
이었다. 사람들은 노인이 미쳤다고 비웃으며 지나가지만 노인의 기
다림은 조금도 흔들림이 없다.

어느 날 소녀는 노인에게 왜 버스를 기다리느냐고 묻는다. 노인
은 '이 도시를 떠나고 싶어서'라고 대답한다. 그날부터 소녀는 노인
과 함께 버스를 기다린다.

그리고 마침내 버스가 온다. 노인과 소녀는 버스에 탄다. 그것이
영화의 마지막 장면이고 더 이상의 설명은 없다.

자연의 원근법

●●● 어머니가 계신 시골집 마당은 150평쯤 되는데 마당귀에 감나무 두 그루가 있어 짙은 그늘을 드리운다. 마당 너머에 샘터가 있고 샘 가에서 바로 산자락이 이어진다. 산은 관목(灌木) 숲에 덮여 녹음(綠陰)을 이루었다가 가을이면 단풍이 들어 잎을 떨군다.

마당에는 산새 몇 마리가 내려앉아 무엇인가를 쪼아먹고, 나비들도 꽃이 피는 잡초를 찾아 날아든다. 알록달록한 들고양이가 나비를 잡으려고 폴짝거리며 뛰어다닌다. 겨울밤이면 산에서 멧돼지가 내려올 때도 있다. 그럴 때는 온 동네 개들이 짖어댄다.

뒤란에는 스무 평 남짓한 텃밭이 있다. 들깨와 고추가 자라고, 대파와 부추도 조금 있다. 큰 무화과나무 두 그루가 텃밭의 울타리를 대신하고 있다. 이제는 거의 고목(古木)이 되었지만 해마다 열매는 아주 많이 열린다. 무화과나무 그늘에는 흰 고양이가 늘어져 누웠고, 최근에 낳은 새끼 두 마리가 젖을 빨고 있다.

초가을이면 감나무 밑에 원탁을 놓고 형제들이 모여서 차를 마시거나 카드놀이를 하는데 저번에 목덜미로 뭐가 툭 떨어져서 털어내고 보니 털이 숭숭 난 애벌레가 기어간다. 그런 일이 두 번 더 있었다. 샘터에서 빨래를 밟을 때면 산모기가 얼마나 극성스럽게 달려드는지 여름에도 긴 바지와 셔츠를 입어야 한다.

고추가 자꾸 썩어 문드러지고 잎도 시들시들하기에 자세히 보니 노린재가 다닥다닥 붙어 있다. 노린재는 고춧잎 뒷면에 알을 송송 까놓는데 그것이 부화하면 유충들이 바글바글 기어나온다. 처음에는 하얗던 놈들이 몸집이 커지면서 색깔이 점점 진해진다. 잡으려고 하면 땅으로 툭 떨어지는데 흙색과 똑같아서 잘 보이지 않는다. 잡아서 터뜨리면 고약한 노린내가 나기 때문에 이름이 노린재다.

들깨는 아주 어린 잎을 잠깐 뜯어 먹은 후에는 파장(罷場)이다. 온갖 곤충들이 잔치를 벌이는 데가 잎의 뒷면을 노란 반점이 뒤덮어서 먹을 수가 없다. 들깻잎을 좋아하는 나는 속이 쓰리지만 대책이 없다.

무화과가 익는 8월이면 더 큰 전쟁이 시작된다. 열매가 좀 익었다 싶으면 새가 쪼아먹고 풍뎅이가 갉아먹고 노란 줄무늬 나비가 끝도 없이 날아든다. 어쩌다 잎사귀 새에 숨어서 익은 놈을 따서 쪼개보면 벌써 개미가 잔뜩 들어가서 시큼한 냄새를 풍긴다. 맛이라도 보려면 이른 아침에 일어나서 아직 벌어질 기미도 없이 푸르뎅뎅한 실과를 딸 수밖에 없다.

우리집 풍경을 사진으로 찍어서 인터넷에 올리면 '평화롭다', '아름답다', '부럽다'하는 감탄이 쏟아진다. 사진에는 노린재나 개미나 털벌레는 찍히지 않는다. 새나 나비는 자연의 생동력으로 묘사될 뿐이다.

자연의 원경(遠景)은 아름다우나 근경(近景)은 징그럽다. 자연 경치라는 것은 거시적 자연의 허상일 뿐이다. 날것 그대로의 자연은 치열하고 잔혹하며 거침이 없다. 자연과 더불어 살기 위해서는 그 모든 것을 수용하고 관조하며 견뎌야 한다.

서바이벌 게임

••• 30대 초반에 함께 근무했던 선생님들 몇이 모인 자리에 갔는데, 거기서 최 아무개, 김 아무개 선생이 죽었다는 얘기를 듣고 적잖이 충격을 받았다. 둘 다 일도 공부도 열심히 하는 사람들이었다. 근무를 마치자마자 검정 샘소나이트 가방을 들고 나란히 대학원으로 향하던 모습이 눈에 선하다. 그런데 한 사람은 교통사고로, 다른 한 사람은 췌장암으로 죽었다는 것이다.

고등학교 동창회에서 보내는 부고(訃告)에 누군가의 조부모, 부모의 사망 소식이 꾸준히 날아오더니 어느 날부터인지 본인 사망 소식이 끼어들기 시작한다. 학창 시절 전도(前途)가 양양했던 녀석들의 갑작스런 죽음 앞에서 잠시 숙연해진다. 이제는 누가 더 오래 사느냐 하는 생사존망(生死存亡)의 서바이벌 게임이 시작된 것이다.

어쨌거나, 나는 아직 살아 있다. 꼴찌는 면한 셈이다. 삶에서 양(量)과 질(質)은 동전의 양면과 같을 것이나, 내 생각에는 얼마나 오래 사느냐보다 어떻게 사느냐가 더 중요하다. '왜 사느냐?'는 물음에 분명히 답할 수 있어야 한다. 신발끈을 고쳐 묶고 인생 2라운드를 시작한다.

사람이 문제다

●●● 늦은 봄, 날이 뿌윰하게 밝아오는 이른 아침이다. 나는 포천 산 정호수 근처에 있는 친우 조방익 군의 농막 테라스에 앉아서 적료 (寂廖)한 산촌 풍경을 바라보고 있다. 상주민이 10명도 안 되는 작은 마을. 6.25 전에는 북한 땅이었고, 전쟁 중에는 격전지였다고 한다.

500여 평의 농지가 계단식으로 농막을 두르고 감자, 오이, 옥수 수, 콩, 상추 들의 싱싱한 이파리가 박명(薄明)에 진초록 빛깔을 점차 누그러뜨리고 있다. 그 아래쪽에 시골 학교 운동장만 한 평평하고 널따란 경작지가 펼쳐져 있다.

노인이 새벽부터 나와서 잔돌 하나 없을 것 같은 밭이랑에 모종을 정성스레 심고 있다. 노인의 느릿느릿한 동작은 그 자체로 숭고미 (崇高美)를 발산한다. 아직 어슴푸레한 데다 제법 거리가 있어서 무 엇을 심는지는 알 수가 없다. 저 노인이 어제 친구가 말하던 그 장 로님일 것이다. 이 동네 토박이로서 평생 농사를 지으며 살았다고 한다.

농막에서 가장 가까운 왼쪽 집에는 제법 높은 울타리가 있고 그 울타리 너머에서 자주 개 짖는 소리가 들린다. 그 집에는 모자(母子)

가 산다. 주인 아주머니는 울타리 너머 교회의 권사님이다. 원래 아주머니 혼자 살았는데 근래에 객지에 나갔던 아들이 돌아와서 같이 산다고 한다.

지금 밭일을 하는 장로님이 젊었을 때 권사님은 동네 꼬맹이 소녀였다. 둘 다 이 동네 토박이인 셈이다. 세월이 흘러 장로님이 상처(喪妻)를 하고 권사님도 남편을 여의어 혼자된 후에 장로님이 권사님에게 은근히 '살림을 합쳤으면' 하는 눈치를 보였다. 거절의 의사를 밝혔는데도 장로님이 눈빛을 바꾸지 않자 권사님이 무서워서 아들을 불러들였다는 것이다.

그 집 울타리 너머에 있는 작은 감리교회는 교인이 몇 안 되는데 옆집 권사님을 제외하면 다 외지인이다. 그 교회당 아래쪽으로 약간 낮은 터에 목사님의 사택이 있다. 제법 번듯한 2층집이다. 그런데 교인들이나 목사님이나 동네 사람들과 일절 교류가 없다. 목사님이 언제 교회당과 사택을 오가는지도 알 수가 없고 심지어 목사님의 얼굴도 거의 볼 수 없다고 한다.

경작지 맞은편에 꽤 큰 건물이 몇 채 있다. 오른편 집에는 장로님이 아들 내외, 손녀딸과 함께 산다. 아들 내외는 외지의 직장에 다니면서 부친의 농사에는 전혀 관심이 없다. 왼편 집에는 반장 아주머니 내외가 펜션을 운영하며 산다. 목사님 사택을 제외한 세 가구 모두 개를 한 마리씩 키운다. 낮에 잠깐 본 반장 아주머니는 명랑하고 친절해 보이는 얼굴이었다.

그런데 친구가 이 마을에 들어와 농막을 짓고 주민으로 인정받기까지가 결코 만만찮은 과정이 있었다고 한다. 주민들이 외지인에 대한 본능적인 경계심을 드러냈는데, 그 텃세를 반장 아주머니가 주도했다니 뜻밖이다. 그들의 마음을 얻으려고 친구는 어지간히 속을 끓였고 돈도 제법 썼다고 한다.

나는 서울에서 수십 년 직장 생활을 하면서 늘 전원생활을 꿈꿨다. 친구의 농막을 방문한 데도 그런 꿈을 실현하기 위한 견학의 의미가 있었다. 여기는 그림 같은 산촌이다. 사람을 빼고 보면 가장 이상적인 전원이다. 그러나 사람을 넣어서 다시 보면 왠지 한숨이 나온다. 나는 천성적으로 붙임성이 없고 사람들과 잘 어울리지 못한다. 그러나 어디로 간들 사람을 피할 수 있으랴? 이래저래 사람이 문제다.

말의 무게

••• 박인로의 《누항사》에는 귀농(歸農)하여 힘겹게 생존 투쟁을 하는 양반의 모습이 그려져 있다. 그는 임진왜란 참전 용사지만 전란 후의 피폐한 나라는 양반의 생계를 책임지지 못한다.

천수답(天水畓)에 모를 내야 하는데 가뭄에 속이 탄다. 어쩌다가 지나가는 비가 잠깐 내려 길바닥에 괸 물을 논으로 끌어들였다. 이제 물이 마르기 전에 갈아엎어야 한다. 쟁기는 있는데 소가 없다. 그래서 '쇼한적 듀마' 하고 '엄섬히 하는 말삼'을 '친절호라' 여긴 집에 소를 빌리러 간다. 소의 주인은 이미 다른 사람한테 빌려주기로 했다면서 거절한다. 선약(先約)한 사람이 귀한 술에 구운 꿩고기를 안주로 가져왔더라면서, 빈손으로 찾아온 양반을 은근히 타박한다.

'엄섬히 하는 말삼'이 항상 문제다. 약속한 사람은 금세 잊어버린 말을, 들은 사람은 마음에 새기고 있으니 같은 말이라도 무게가 다른 것이다.

언젠가 조카가 삼촌을 고발한 사건이 보도된 적이 있다. 삼촌이 조카에게 '대학에 합격하면 자동차를 사 주겠다'고 해놓고 약속을 어긴 것이다. 법은 조카의 손을 들어 주었다. 조카를 욕할 수도 있겠지만 친족끼리라도 약속한 말은 지켜야 한다고 법이 경종을 울린 셈이다.

그런데 이런 사람도 있었다. 울산의 K 씨는 복권 2등에 당첨되어 3천만 원을 받았는데 그중 천만 원을 미리 약속한 대로 친구한테 주었다고 한다. 복권 사놓고 농담처럼 약속하는 일은 흔하지만 그것을 진짜로 지킨 사람이 있다는 게 놀랍다. 이런 사람이 정치를 하면 공약(公約)이 공약(空約) 되는 일은 없을 것이다.

하나님의 명호(名號)가 '약속을 지키는 하나님'이다. 약속을 지키는 사람은 이미 신(神)의 성품을 닮은 것이다. 성경은 사람에게 약속을 지키라고 하지 않고 하나님의 약속을 믿으라고 한다. 인간이 약속을 지키지 못하는 존재임을 일찍이 아신 것이다.

부조리의 추론

●●● 참으로 중요한 철학적 문제는 바로 자살이다. — 알베르 카뮈의 《시지프스 신화》는 이렇게 시작된다. 이는 내가 읽은 모든 책들의 첫 문장 중에 가장 충격적이고 인상적인 것이다. 읽기 전에 내용을 짐작할 수는 있다. '다 함께 죽자'는 얘기는 아닐 테니 '자살하지 말아야 할 이유'를 찾아가는 과정일 것이다. 카뮈는 그것을 '부조리의 추론'이라 한다. 좋은 문학은 독자를 끌고 심연(深淵)으로 내려가서 바닥을 친 다음 다시 물 밖으로 상승하여 숨을 쉬게 해 준다.

자살은 일종의 금기어(禁忌語)다. 누구나 생각하지만 아무도 꺼내고 싶어하지 않는다. 그러나 카뮈는 단언한다. 자살 문제야말로 진짜 중요하다. 그 외의 문제는 다 장난이고 놀이다. 이 세상과 내 삶이 의미가 있고 존재할 가치가 있는가, 자살하지 않고 살아낼 이유가 있는가 하는 문제 외에 다른 어떤 중요한 문제가 있다는 말인가?

인생을 살면서 자살에 대해서 전혀 고려해 보지 않은 사람은 없을 것이다. '나는 자살 같은 것은 꿈에라도 생각하지 않아.'라고 이를 악무는 사람이야말로 사실은 자살에 '저항하며' 살고 있는 것이다.

아무도 자살에서 자유로울 수 없다. 마음속에 자살을 숨기고 억누르고 멀리 치워 놓을 뿐이다. 그것이 불가능해지는 순간 모든 것이 끝나는 것이다.

자살에 이르는 마음의 행로(行路)가 궁금하다. 내 주변에서 몇 번의 자살을 목도했는데, 사전에 그 징후를 읽을 수 없었다. 고등학교 시절이었던가, 한동안 객지에 나가 살던 내 또래의 아가씨가 성탄절 전날 귀향했다. 그날 나는 마을의 작은 교회에서는 성탄절 성극(聖劇) 연습을 하고 있었는데 그녀는 껌을 짝짝 씹으면서 이것저것 조언을 했다. 그리고 그날 밤에 자살했다. 나는 그녀가 객지에서 겪은 일이 무엇이었는지보다 어떻게 자살 몇 시간 전까지 전혀 낌새를 보이지 않았는지 그것이 더 궁금했다.

호머의 말에 의하면 시지프스는 인간 중에 가장 신중하게 처신하는 현명한 사람이었다고 한다. 그러나 신들의 입장에서 보면 말이 많고 신들을 우습게 여기는 마뜩찮은 인간이었다. 그는 코린토스라는 나라를 세워 백성의 삶의 질을 높이려고 애썼지만 신들을 속였다는 죄목으로 명계(冥界)의 높은 산 위로 바위를 밀어 올리는 형벌을 받게 된다. 온 힘을 다하여 바위를 산꼭대기로 밀어 올리면 처음의 위치로 굴러떨어지고, 바닥까지 내려가서 그것을 다시 굴려 올린다. 그런 가혹한 형벌의 노동을 끝없이 반복해야 한다.

그런데 시지프스는 자살하지 않는다. 기쁨도 희망도 없는 그 행위를 포기하지도 않고 그만두지도 않는다. 끝없이 다시 또 다시 반복함으로써 운명에 저항하는 것이다.

카뮈는 삶이 부조리함을 부정하지 않는다. 그러나 그것이 자살할 이유가 되지는 않는다고 말한다. '그럼에도 불구하고' 견뎌야 하며 살아내야 한다고 외친다.

복원(復原) 유감

••• 숭례문이 불탄 것은 2008년의 일이었다. 채종기라는 사람의 방화(放火)에 의해 2월 11일에 불이 나서 12일까지 석재 기단을 제외한 목조 건물이 전소(全燒)하였다. 복원(復原) 공사는 막대한 예산을 소모하며 오래 계속되었고, 2013년 5월 4일에야 완공식과 함께 복원된 숭례문을 공개하였다. 그런데 그해 10월에 단청 20여 곳이 벗겨지는 사고가 발생했으며 조사단의 정밀 조사 결과 기와가 일부 깨져 있고 현판에도 금이 가간 곳이 발견되었다. 부실 공사 논란이 끊이지 않았고 목재가 국산이 아니라느니 공사 책임자가 예산을 빼먹었다느니 말도 많고 탈도 많았다.

나는 복원 계획이 논의되던 당시부터 여러 기관의 홈페이지에 들어가서 '복원할 필요가 없다'는 의견을 누누이 피력하였으나 아무도 거들떠보지 않았다. 막대한 예산을 들여 목조 건물을 복원하는 것은 시대착오적이며 예산과 인력의 낭비라는 것이 내 생각이었다. 굳이 복원하려거든 불에 타지 않는 강철 구조물로 제작하든지, 레이저빔으로 남대문의 이미지만 되살려서 21세기형 기념물을 만들어 보자고 주장했지만 미친놈의 잠꼬대였을 뿐이다.

불파불립(不破不立)이라는 말이 있다. 낡은 것을 깨뜨리지 않고는 새것을 세울 수 없다. 일부러 깨뜨릴 수는 없지만 천재(天災)로든 인재(人災)로든 부득불 무너졌으면 하늘의 계시로 알고 진취적인 방향을 모색해야 하는 것이 아닐까?

임진왜란을 '도자기 전쟁'이라고 하는 이유가 있다. 임란 전까지 일본에는 도자기 제조 기술이 없었기에 조선의 도자기에 대한 부러움과 열등의식이 있었다. 그래서 조선 땅에서 퇴각할 때 도공들을 납치하고 심지어 가마까지 파서 싣고 갔다. 그중에 심수관(沈壽官)은 정유재란 때 일본으로 끌려간 도공 심당길과 그 후손들이 가고시마 현에서 일군 도자기 명가를 일컫는 이름이다. 이 가문의 후대 명인들은 대를 이어 '심수관'이라는 이름을 사용하고 있다. 1873년 12대 심수관은 가문의 브랜드 '사쓰마야끼'를 들고 오스트리아 빈에서 열린 만국박람회에 참가하여 일본 도자기를 국제화하는 데 성공하였다.

그러면 일본의 부러움을 사던 조선 도자기는 어찌 되었는가? 조선 후기에 나라가 쇠망 일로를 걷다가 국권마저 상실했으니 민족문화 창달이 어려웠을 터이지만, 해방 후에 80년이 흐르도록 우리 문화의 다수 분야가 아직도 정체성과 진취성 사이에서 헤매고 있다. 납치해 간 조선 도공들을 우대하면서 일본이 도자기를 세계화하는 동안 우리는 고려청자의 비색(翡色)을 복원한다면서 꼼지락거리다가 우물 안 개구리가 되고 말았다.

조선 태조 때 경복궁의 남문으로 지어진 광화문(光化門)의 이름은 세종 4년(1425)에 집현전에서 지은 것이라고 한다. 임진왜란 때 불타 없어진 경복궁을 대원군이 복원할 때 현판 글씨를 훈련대장 임태영이 썼다. 왜 명필도 아닌 무관(武官)이 나섰을까? 목조 건물은 예나 지금이나 화재가 문제라, 화기(火氣)를 날카로운 검으로 베어낸다는 의미로 무관의 글씨를 받았다고 하니 그것이 과학인지 미신인지 모르겠다.

일제강점기에 경복궁을 헐고 조선총독부를 세우면서 광화문은 해체될 위기에 처했으나 뜻있는 사람들의 극렬한 반대로 해체는 면하고 경복궁 서문 쪽으로 옮겨졌다. 그나마 6.25 전쟁 중에 불탔다가 전후(戰後)에 총독부 건물 남쪽에 다시 세워졌다. 현판은 1968년 당시 대통령 박정희의 한글 글씨로 제작되었다. 1995년 총독부 건물이 철거된 후 경복궁의 복원 공사가 본격적으로 추진되었고 광화문도 2010년에 이르러 본래의 위치를 찾았다.

문제는 편액(扁額)이다. 박정희의 글씨를 다시 걸어야 한다는 주장과 원래의 현판 모양으로 복원해야 한다는 주장, 그리고 한글 편액을 새로 제작해야 한다는 주장이 맞섰으나 결국 복원론이 우세했다. 흰 바탕에 검은 글씨로 '門化光'을 새겨 걸더니 새로운 고증이 나왔다면서 다시 검은 바탕에 금빛 글씨로 제작하여 2023년 10월

15일에 공개하였다. 그런데 가림막을 벗기고 보니 여전히 한자를 중국식으로 새긴 '문화광(門化光)' 편액이다. 이런 복원에 무슨 역사적 의미가 있는지 심히 의문이다. 훈민정음의 글씨를 집자(集字)하여 한글 현판을 만들어 걸었으면 얼마나 좋을까? 그랬으면 내가 복원된 광화문 월대(月臺)에서 춤이라도 추겠다.

그런데 여기 사뭇 다른 이야기도 있다. 우암사적공원은 대전시 동구 충정로에 있는 사적지로, 우암(尤菴) 송시열(宋時烈) 선생을 기려 서원 형태로 조성된 기념 공간이다. 우암 선생이 학문을 익히고 제자들을 가르쳤던 장소인 남간정사(南澗精舍) 외 여러 건물들이 있으며 선생의 문집과 연보 등을 모아 만든 송자대전(宋子大全) 목판본도 보관되어 있다.

이 공원은 본래 정문이 있었는데 2021년 3월 29일, 70대 노인이 몰던 승용차가 그것을 들이받아 와르르 무너지고 말았다. 그리고 이 문은 복원되지 않았다. 정문이 없으니 내부가 훤히 보여 오히려 좋다는 시민들의 의견을 받아들여 복원하지 않기로 한 것이다. 그래서 지금은 시야가 탁 트인 개방공원이 되었다. 멋지지 않은가?

물론 복원도 필요할 것이다. 그러나 온고지신(溫故知新), 법고창신(法古創新)의 정신을 잊지 말아야 한다. 뒤로 한 걸음이면 앞으로 두 걸음 나아가야 바람직한 복원이다. 진취적 기상이 없는 고리타분한 복원 행각에 심히 유감이다.

영역(領域)

●●● 생명을 어느 선까지 존중하고 외경(畏敬)해야 하는 것일까? 아동문학가 권정생 선생이 안동의 폐가에서 살 때 온갖 곤충들이 꾀고, 장마철이면 지렁이, 개구리에 심지어 뱀까지 기어들어와 같이 살았다고 한다. 그런 분의 정신세계는 범인(凡人)의 경지를 넘은 것이니 존경은 할지언정 따라 배우기는 어렵다.

내 수준에서는 백석의 〈수라〉 정도에 공감이 간다. 추운 날 방 안에서 발견된 거미 세 마리를 차례차례 밖으로 내보내면서 몹시 마음 아파하는 화자의 모습이 경건하기도 하고 우습기도 하다.

… 이렇게 해서 아린 가슴이 삭기도 전이다.
어데서 좁쌀알만 한 알에서 가제 깨인 듯한 발이 채 서지도 못한 무척 작은 새끼 거미가 이번엔 큰 거미 없어진 곳으로 와서 아물거린다.
나는 가슴이 메이는 듯하다.
내 손에 오르기라도 하라고 나는 손을 내어미나 분명히 울고불고할 이 작은 것은 나를 무서우이 달아나 버리며 나를 서럽게 한다.
나는 이 작은 것을 고히 보드러운 종이에 받어 또 문밖으로 버리며 이것의 엄마와 누나나 형이 가까이 이것의 걱정을 하여 있다가 쉬이 만나기나 했으면 좋으련만 하고 슬퍼한다.

동물 학대나 학살을 당연시하는 한쪽 극단과 모든 생명을 외경으로 대하자는 다른 쪽 극단 사이에서 타협점을 찾자면, 피차간에 선을 넘지 말아야 한다는 것이다. 바다의 영역이 있고 육지의 영역이 있듯이 인간의 영역과 자연의 영역이 있다. 인간이 함부로 야생 동물을 죽이면 안 되듯이 멧돼지나 뱀이나 개구리가 인간의 생활 영역으로 들어오면 안 된다.

인간과 동거하려는 동물은 순치(馴致)를 받아들여야 한다. 길들인 개나 고양이는 사람과 동거할 수 있지만 뱀이나 거미는 순치되지 않으므로 방에서 키울 수 없다. 나뭇가지는 전정(剪定)되어야 하고 잔디는 깎여야 하며 잡초는 뽑혀야 한다. 화초에서 깍지벌레를 잡아 죽이는 것은 살생이 아니다.

원초적으로 인간은 지구 자연의 침략자이며 정복자인지도 모른다. 그렇다 하더라도 인간이 지구의 관리자인 것은 기정사실로 인정받아야 한다. 아메리카 인디언이 지금에 와서 남북미 대륙의 소유권을 주장할 수 없듯이, 자연이 인간에게 물러가라고 요구할 수는 없다. 다만 서로가 넘지 말아야 할 선을 지키며 타협점을 찾는 것이 공생(共生)의 길이 아닐까 싶다.

강남 좌파

●●● 강남 우파, 강북 좌파는 당연한 스탠스다. 그런데 강남 좌파는 이상하다. 왜 가진 자가 좌파가 됐을까? 태생적 성향이 아니라면 대개는 교육이나 독서의 결과일 것이다. 나의 지나친 소유가 다른 사람들의 희생의 결과인 것을 알고 그것을 나누고자 하는 마음, 나만 잘 사는 것이 아니라 사회 구성원이 다 같이 흥해야 한다는 의식, 그런 것을 강남 좌파는 지니고 있다. 그래서 강남 좌파는 존경받아 마땅한 사람들이다. 당장 내 재산을 헐어 나누어주지는 못할지라도 그런 의식을 가졌다는 것만으로 얼마나 훌륭한가?

강북 우파도 이상하다. 셋방에 살면서 종부세 걱정하는 사람들이다. 왜 가진 것도 없으면서 불평등을 옹호하는 것일까? 혹시 강남 우파에 진입하고 싶은 원대한 꿈을 포기하지 않은 것인가? 그렇다면야 이해할 수 있다. 그것이 아니고 다만 무지한 탓이거나 강남 우파의 교활한 선동에 속은 것이라면 안타까운 일이다.

강남 좌파는 강남 우파의 입장에서 보면 배신자다. 귀족들끼리 돈으로 모닥불을 피우고 축제를 즐겨야 하는데, 좌파 귀족의 독선

(獨善)은 몹시 거슬린다. 그들은 증오의 대상이다. 어둠은 빛을 증오한다.

어쨌든 강남 우파가 강남 좌파를 미워하는 것이 이해는 된다. 그런 맥락에서 강북 우파가 강남 좌파를 미워하는 것도 납득할 수 있다. 가진 자가 못 가진 자를 위하는 척하는 꼴이 보기 싫을 것이다. 손을 내밀어도 위선이고 눈물을 흘려도 악어의 눈물이다. 강북 우파는 장(腸)이 꼬인 사람들이다.

그러면 강북 좌파는 강남 좌파를 존경하는가? 그래야 마땅하다. 하지만 강북 좌파에도 강남 좌파를 싫어하는 사람들이 있다. 진정성을 믿지 않기 때문일 것이다. 강남에서 우파를 배신했다면 좌파에서도 언제든 강북을 배신할 수 있지 않을까 싶은 것이다. 얼굴이 하얀 서울 아이가 깨끗한 옷을 입고 시골 초등학교에 전학했을 때 시골 아이들이 서울 아이를 바라보는 심정이 그것이다. 경이원지(敬而遠之)! 부러움과 거리감이 뒤섞인 마음, 그것이 강남 좌파를 바라보는 강북 좌파의 심정이리라.

이래저래 강남 좌파는 불편한 위치다. 그 훌륭함을 알아보는 사람이 많지 않다. 작은 잘못도 침소봉대(針小棒大)되기가 일쑤이고, 잘못도 없이 마녀 취급을 당하기도 한다. 강남 좌파를 자임(自任)한 어느 교수의 일가족이 별 이유도 없이 혹독한 돌세례를 받았다. 돌은 강남에서도 강북에서도, 좌파에서도 우파에서도 날아왔다. 왜 던지는지도 모르면서 덩달아 던지는 사람들도 많았다.

그러나 강남 좌파야말로 우리 사회의 희망이다. 그들은 가진 것이 있고 지식이 있으며 정의감이 있다. 아는 것을 실행할 의지가 있는 사람들이다. 강남 우파가 득세하면 필연적으로 과거의 불평등 사회로 회귀한다. 강북 좌파가 세력화하면 프롤레타리아 혁명을 지향한다. 그러므로 오로지 강남 좌파의 입지가 커져야 하고, 그들이 사회의 상부구조를 형성해야 한다. 그래야만 사회의 갈등 요인을 줄이고 계급혁명의 혼란을 피하면서 '우리'가 더불어 행복한 공동체로 나아갈 수 있다.

근접 착시 현상(近接錯視現象)

●●● 20÷2(3+2)=?

열이면 아홉이 답을 2라고 한다. 그런데 정답은 50이다. 사칙 연산법에 의하면 곱하기와 나누기는 먼저 나오는 것을 먼저 풀어야 하기 때문이다.

그러면 사람들이 이 문제를 풀 때 왜 오류에 빠지는 것일까? 묶음표 안팎의 숫자가 가까이 있기 때문이다. 이런 것을 '근접 착시 현상'이라고 한다. '팔이 안으로 굽는다'는 속담이나 '우리가 남이가' 같은 구호도 근접 착시의 위험을 짙게 내포하고 있다.

집단 이기주의나 편협한 민족주의도 근접 착시 현상의 확장판이라 할 수 있다. 대통령의 부인이 대통령 행세를 해도 그것을 이상하다고 생각하는 사람이 많지 않다. 이것도 심각한 근접 착시 현상이다.

사람은 더불어 사는 존재이니 인맥과 연줄을 무시할 수 없다. 인생 행로에서 인맥이 삶에 탄력을 주거나 위기를 벗어나게 하는 힘이 되기도 한다. 그러나 그것이 객관적 판단 기준을 흐리게 한다면 큰 문제다.

근접 착시가 확증 편향을 고착시키는 것이 우리나라 정계(政界) 안팎의 현실이다. 진영(陣營)이 곧 선악의 준거가 된다. 다른 진영의 사람들을 무조건 타자(他者)로 간주하고 증오하며 침을 뱉는다. 모범을 보이고 지도해야 할 정치인들이 그것을 말리지 않고 오히려 부추기며 정략적으로 이용한다. 사람이 본래 추악한 존재인지 정치가 더러운 것인지 알 수 없다.

코인

••• 코인이 무엇인가? 코인의 미래를 낙관하는 사람도 있고 허황된 것이라고 폄하하는 사람도 있으며 그것이 무엇인지도 모르면서 돈이 된다니까 투자하는 사람도 있다. 그러는 와중에도 코인은 주식처럼 가격이 오르내리며 꾸준히 거래되고 있다.

  코인이 무슨 효용 가치가 있는가? 코인을 불신하는 사람들은 코인이 주식이나 화폐와 다르다고 한다. 주식의 배경에는 사업체가 있고 화폐의 공신력은 국가가 보장하는데 코인은 그런 배경이 없다는 것이다. 맞는 말이다.

  그런데 화폐도 초기에는 코인과 비슷한 처지였다. 화폐의 공신력(公信力) 확보를 위해 한때는 은본위 화폐, 금본위 화폐가 발행되었으나 오늘날은 화폐를 발행한 국가의 신용도가 곧 화폐의 신용도에 비례한다.

  달러가 세계 시장의 기축통화(基軸通貨)가 되는 것은 미국의 힘이고, 해외여행을 할 때 원화를 사용할 수 있는 것은 한국의 국력이 그만큼 강해졌기 때문이다. 역으로 가정해서 미국이 망하면 달러도 휴지가 될 수 있고 우리나라가 위기에 처하면 원화의 신용도도 뚝 떨어진다.

지금의 코인은 뿌리를 내리지 못하고 물 위에 떠다니는 부평초와 같은 신세지만 여전히 살아 있고 장래성이 있다. 무엇보다 복제 불가라는 장점이 있다. 이제 뿌리내릴 땅만 찾으면 된다. 중국이 코인을 긍정적으로 평가했을 때 코인값이 폭등했었고, 일론 머스크가 테슬라에서 코인을 공식 거래 수단으로 인정할 듯한 발언을 했을 때 또 코인 시장이 출렁거렸다. 그토록 애타게 코인은 착근(着根)할 땅을 찾고 있는 것이다.

어떤 나라나 지역이나 기업체가 코인을 거래 수단으로 인정한다면 그때부터 코인은 날개를 달게 될 것이다. 가령 우리집 인근에 내가 자주 가는 백화점이 있는데, 거기서 코인을 받는다면 나는 당연히 코인에 적극적으로 투자할 것이다. 그 백화점의 분점(分店)이 전국 여러 곳에 있고 해외에도 지점이 있다면 더 말할 나위가 없다.

객설(客說)인지 모르지만 나는 무협지를 읽다가 코인에 어느 정도 기대감을 갖게 되었다. 근래에 중국에서 유행하는 선협(仙俠) 소설에서 수도자들은 영석(靈石)을 화폐처럼 쓴다. 수도에 필요한 온갖 물품들을 영석으로 거래하는데 영석도 화폐처럼 하품, 중품, 상품의 등급이 있다.

코인의 미래는 아무도 장담을 못 한다. 각자 선택할 문제다. 그러나 긍정이든 부정이든 무턱대고 덤비는 것은 현명하지 않다. 화폐의 발달사를 공부하고 코인이 무엇인지도 알아봐야 한다.

이카이스 마이풀 이현준 대표가 신규 코인을 발표한다고 해서 가봤다. 축사를 한마디 해 달라고 부탁해서 내가 이렇게 말했다.

"이 대표는 어렸을 때 우리 반 학생이었습니다. 이 대표가 이렇게 클 줄 알았으면 그때 더 잘 대해 줬을 것입니다. 코인도 마찬가지가 아닐까 싶습니다."

크로스오버 시대

●●● 차를 사러 갔더니 크로스오버라는 차종(車種)이 새로 나왔다. 세단과 SUV의 특징을 섞어서 만든 혼종(混種)이라는데 아주 매력적이었다.

문화 이론에서 혼종성(混種性, hybridity)이 본격적으로 화두에 오른 것은 20세기 말인데, 사실 그 이전부터 영역 간의 교류는 꾸준히 있었다. 다만 21세기 들어 그것이 가속화하였을 뿐이다. 어느 사이에 퓨전 음식이 음식 문화의 주류를 형성하고, 국악과 양악(洋樂)이 함께 공연하며 문과와 이과가 통합대학원에서 만난다.

혼종 문화의 시대에 낙오되지 않으려면 어떤 역량을 갖추어야 할까? 그 아이템을 문과는 이과 영역에서, 이과는 문과 영역에서 찾아야 한다. 그런데 문과의 입장에서 보면 이과가 문과보다 유리하다. 이과생은 글만 잘 써도 크로스오버의 아이템을 갖춘 셈인데, 문과는 좀체로 이과의 성문(城門)을 뚫기가 어렵다. 오죽하면 '문송합니다'(문과라서 죄송합니다)라는 자조적인 속어가 생겼을까.

뇌과학자 정재승 박사는 중학교 시절 내 제자였다. 그는 학생 때부터 과학과 음악을 좋아하고 글을 잘 썼다. 일찍이 저술한 《과학 콘서트》는 이미 고전(古典)의 반열에 올랐고 2018년에 출간한 《열두 발자국》은 스테디셀러로 자리잡았다. '글 잘 쓰는 과학자'로서 혼종의 시대를 선도(先導)하고 있는 것이다.

저술가 유시민 선생은 문과의 자존심을 지키며 이과 영역을 무시하는 듯한 태도로 일관하였는데 올해 《문과 남자의 과학 공부》라는 책을 내서 독자들을 깜짝 놀라게 했다. 이제까지 역사·정치·경제 등 인문학 분야의 글을 써온 작가가 처음으로 과학 영역을 들여다본 책으로서 과학과 인문학을 넘나드는 담론이 흥미진진하다.

저자는 '다시 스무 살로 돌아간다면 인문학과 함께 과학도 공부하고 싶다'고 회한을 실어 말하며 온전한 공부를 하기 위해 인문학과 함께 과학 공부를 해야 한다고 강조한다. 현재 인문학이 직면한 위기와 한계를 뚫고 나아가려면 과학의 성취를 받아들여야 한다는 것이다. 저자가 오랫동안 공부한 인문학을 과학과 교섭시켜, 과학이 어떻게 인문학의 지평을 확장하는지를 독창적으로 풀어낸다.

가령 뇌의 거울신경세포를 통해 맹자의 측은지심(惻隱之心)을 이해하고, 사회생물학으로 사회주의의 실패를 설명한다. 칸트의 철학을 양자역학의 관점에서 이해하거나, 경제학의 한계효용 체감의 법칙을 뇌 신경세포의 작동 방식이라고 해석하는 것은 놀라운 통섭의 사유다. 그는 경제학, 철학, 동양 고전, 사회과학 등 인문학의 여러 분야를 과학을 연결하고 결합하여 설명함으로써 인문학의 의미와 한계를 확장한다.

유 작가는 정 박사와 친분이 있으니 《문과 남자의 과학 공부》에
는 정 박사가 상당한 영향을 미쳤을 것으로 짐작된다. 어쨌거나 인
문계와 자연계의 거목(巨木)이라 할 수 있는 두 분이 영역 간 통섭의
효능을 실천적으로 보여주는 것은 고무적인 일이다. 혼종 문화의
시대, 퓨전 시대, 크로스오버 시대에 인문학은 과학으로 정확해지
고, 과학은 인문학으로 깊어질 것이다.

포크레인과 나물칼

●●● 내가 산나물을 캐서 배낭에 지고 내려올 때 박 사장은 큰 트럭에 포크레인을 싣고 굉음을 울리며 비탈길을 오르고 있었다. 우리는 이가 보이도록 활짝 웃는 표정으로 손을 번쩍 들어 인사를 나눴다. 나는 박 사장이 올라간 길을 내려오며 조금 전에 주고받은 미소의 의미를 생각해 본다.

박 사장은 이 골짜기에서 자산도 부채도 가장 많은 사람일 것이다. 그가 잡아둔 택지나 묘지터가 부지기수이고 포크레인으로 한나절 작업만 해도 몇십만 원은 쉽게 번다. '돈 많이 벌었냐'고 물으면 '앞으로 들어오고 뒤로 나간다'며 엄살을 떤다.

나는 연금생활자이며 빚은 없다. 나의 배낭에는 두릅이며 참취며 비비추 같은 산나물이 들어있는데 장에 내다 팔면 몇만 원은 받을 것이나 팔지 않고 어머니와 내가 먹을 것이다.

나는 박 사장을 존경하지는 않으나 그렇다고 경멸하지도 않는다.

다만 내가 흉내낼 수 없는 그의 전투적인 삶을 경탄의 눈으로 바라볼 뿐이다. 박 사장은 어떤 의미로 나에게 미소를 날렸을까? 그가 나를 존경하는 것 같지는 않고, 그렇다고 경멸할 이유도 없으니 그도 역시 산나물이나 캐러 다니는 나의 한가로운 삶에 경탄하는 것일까?

단식 광대

●●● 콜린 윌슨의 《아웃사이더》에 보면 단식 기록을 늘 갈아치우는 유명한 광대가 나오는데, 그가 죽음에 임박하여 친구를 가까이 부르더니 이렇게 속삭인다.

"내가 단식을 할 때 사람들은 의지가 대단하다고 감탄하곤 했지. 그러나 사실은 별로 먹고 싶은 것이 없었을 뿐이야."

중년을 바라보는 제자 최 아무개 군이 찾아왔다. 교직 초년에 초등학교에 몇 년 근무할 때 만났던 아이였다. 반갑게 인사를 나누고 밥도 먹고 차를 마셨는데, 문득 지나가는 말처럼 묻는 것이었다.

"선생님, 궁금한 게 있는데요. … 그때 왜 그러셨어요?"
이게 뭔 소린가? 사연을 들어보니 어느 날인가 학급 아이들이 두 편으로 나뉘어서 발야구를 하는데 담임인 내가 심판을 잘못 봤다는 것이다. 시간을 되돌려보니 나도 기억이 난다. 점수가 한쪽으로 너무 기울어서 재미가 없기에 앞선 팀의 선수가 1루에 도착할 때 '세

이프'가 분명한데도 '아웃'을 몇 번 선언했었다. 최 군은 아웃된 아이들 중에 있었고, 그때 몹시 분했으며, 그것이 지금도 잊히지 않는다는 것이었다.

최 군은 옛 스승을 보러 왔다. 그런데 감정의 껍데기를 한 꺼풀 벗기고 보니 그렇게 해묵은 분노가 마음 깊은 곳에 도사리고 있었다는 말이다. 어찌 생각하면 너무나 사소한 일이라서 최 군도 선뜻 꺼내기가 어려웠을 것이다. 그래도 털어놓았으니 마음의 생채기가 조금은 아물지 않았을까.

우리가 보고 있는 것은 사태의 진면목(眞面目)인가? 웃는 사람은 진짜 웃는 것이며 우는 사람은 진짜 우는 것인가? 열 길 물속은 잴 수 있지만 한 길 사람 속을 알기 어렵다. 오늘 인후염이 독하게 와서 종일 말을 하지 않았다. 주위 사람들은 내가 무슨 기분 나쁜 일이 있어서 우울한 줄 알 것이다.

식욕(食欲) 예찬

●●● 식욕(食慾), 색욕(色慾), 물욕(物慾), 명예욕(名譽慾), 수면욕(睡眠欲)을 오욕(五慾)이라 하여 경계 대상으로 지목하지만 이 중 식욕과 수면욕은 좀 억울하다. 수면욕은 생리적인 것이며 식욕은 건강과 생명을 위해 필수적인 욕망이 아닌가.

식욕, 색욕, 수면욕은 인간의 몸과 관련된 욕망이고 그 중 식욕은 수면욕과 함께 생리적 본능이면서 생명과 직결되는 영역이다. 잠을 못 자도 죽고 못 먹어도 죽는다.

식욕이 요즘 나의 최대 관심사다. 먹을 것이 있고 식욕이 있다는 것은 얼마나 놀라운 일인가? 그러나 식욕은 순치(馴致)하기가 쉽지 않은 짐승과 같다. 식욕은 한자로 '慾'자를 쓰기도 하고 '欲'자를 쓰기도 하는데, 절제된 식사와 무분별한 식사를 구별하라는 뜻일 것이다.

식욕의 고삐가 풀리면 건강도 식욕도 잃게 된다. 너무 많이 먹거나 함부로 먹지 않는 이유는 '먹는 행복'을 잃지 않기 위해서다. 결핍이 없으면 만족도 없다. 좀 모자란 듯하게 먹어야 몸 안에 늘 식욕이 살아 있게 되며 다음 식사를 기다리게 된다.

식욕을 잃어버린 부자들은 불행하다. 먹고 싶은데 먹을 것이 없는 사람들은 불쌍하다. 밥상 앞에서 눈을 지그시 감고, 먹는 행복을 음미(吟味)할 때가 있다. 그것은 일용할 양식을 주신 하나님께 올리는 감사이기도 하다.

희귀한 음식을 찾아다니는 식도락(食道樂)은 그다지 좋아보이지 않는다. 평범한 일상의 음식을 맛있게 먹을 수 있다면 가장 행복한 사람이다. 어린 시절에 어렵게 살았던 어떤 사장님은 요즘도 비서를 시켜 '보름달' 빵을 사다 먹으면서 추억에 잠긴다고 한다. 나는 들깨 순이나 노각을 좋아하는데 장터에서 그것들을 터무니없이 싸게 살 때, 행복하면서도 장꾼에게 미안해진다.

어머니를 모시면서부터 요리에도 관심이 생겼다. 음식점에서 맛있는 음식을 먹을 때는 어떤 재료를 어떤 순서로 넣었는지 궁금해진다. 음식을 만들기로 마음먹으면 어려울 것은 없다. 인터넷에 수많은 레시피와 요리 동영상이 공개되어 있다. 시행착오를 거쳐 마침내 근사한 맛을 찾아내는 기쁨이 크다. 어찌 된 영문인지 나는 내가 만든 음식이 맛있다.

장터에는 식자재가 풍성하고 주머니에 돈이 있으며 뱃속에 식욕이 있으니 이보다 큰 행복이 어디 있으랴.

제2부

우리 아들도 착해요

만시지탄(晚時之嘆)

●●● 어머니의 고향이 전주라는 것을 뒤늦게 알았다. 거기서 나서 10년을 사셨다며, 전주군 용진면 행치리라는 지명을 정확히 짚어내셨다.

어머니는 한 번도 고향 얘기를 하신 적이 없었고 내가 그걸 어머니께 여쭈어본 적도 없었다. 아버지의 고향은 내 원적지이기도 해서 광양군 골약면 도이리를 어린 시절부터 알았는데 어머니의 뿌리에 대해서는 관심이 없었다.

"어머니, 행치리에 한번 가 보시겠어요?"
"가면 뭐 한다냐?"

96세의 어머니는 차 타고 나들이를 하시기가 어렵다. 나는 서울 가는 길에 어머니의 출생지, 전주시 덕진구 산정동 행치마을에 가 보았다. 행치봉을 등지고 있는 이 마을은 길 건너까지 밀려온 개발 바람을 피하여 옛 모습을 많이 간직하고 있었다.

행치봉에서 흘러내린 넉넉한 물이 마을을 감돌아 흐르고, 예전에

구들장 돌을 생산하던 곳이라는 안내판이 세워져 있었다. 어머니가 어렸을 때 외할아버지의 손을 잡고 자주 가셨다는 극락암에도 가 보았다. 이 절집은 90년 전에도 비슷한 모습이었을 것 같다.

행치마을을 한 바퀴 돌면서 보니 새로 지은 카페나 음식점이 더러 있었고 빈 집도 많았다. 낡고 오래된 집 앞에 서서, 혹시 여기가 어머니 사시던 집일까 생각하며 한참씩 바라보았다.

망국과 함께 집안은 몰락했고, 낙향하신 외조부님은 이 마을에서 훈장 노릇을 하셨다는데 생계를 잇기도 힘들었을 것이다. 그리하여 노는 땅이 많다는 소문을 따라 찾아든 곳이 늘르리라는 궁벽한 산촌이었고, 그 무렵 명당을 찾아 산중으로 들어온 조부님을 만나 사돈지간이 된 것이다.

한 가닥 회한이 일어난다. 몇 년 전에만 알았어도 어머니를 모시고 행치마을에 다녀올 수 있었을 텐데, 왜 이제야 그걸 여쭈어보았을까? 돌아가시기 전에 더 여쭈어볼 말씀은 없을까?

어머니의 500원

●●● 중학교 2학년 때였던 것 같다. 집안 형편은 몹시 어려웠고, 내 용돈 사정도 어려웠다. 등교하기 전에 어머니께 학용품값 100원을 달라고 했다. 어머니는 끈 달린 주머니에서 무심코 500원을 꺼내 주셨다. 나는 직감적으로 어머니가 딴생각을 하고 계시다는 것을 알았지만, 이게 웬 횡재냐 싶어서 얼른 내 주머니에 넣었다.

그리고 그 '큰돈'을 그날 다 써버렸다. 느지막이 집에 들어왔는데, 어머니는 돈 500원이 빈다시며 온 집안을 들쑤시고 계셨다. 나는 조마조마했지만 끝내 모르는 체하고 말았다.

그리고 세월이 많이 흘렀다. 초로(初老)의 어머니는 여전히 궁핍하시고, 나는 객지에서 직장 생활 초년(初年)을 시작했는데 갑자기 그 500원 생각이 났다. 그날 어머니가 울상이 되어 돈을 찾으시던 모습이 떠오르면서 하염없이 눈물이 흘렀다.

나는 5만 원을 소액환으로 송금하면서 그때 그 기억을 편지에 써 넣었다. 그래도 마음의 빚은 끝내 청산되지 않았다. 지금 생각하니 그때 어머니는 나의 소행을 알고도 모르는 체하셨던 것 같다.

오줌싸개

●●● 나는 어렸을 때 오줌싸개였다. 그 시절에는 큰 이불 한 채를 온 가족이 덮고 잤기 때문에 빨래를 자주 할 수도 없었다. 말려서 덮을 수밖에 없으니 거의 매일 이불이 빨랫줄에 걸려 있었다. 취학 연령이 가까울 때까지 그랬던 것 같다. 그래도 부모님이 그 일로 나를 혼내신 적은 없었다.

아흔일곱 살이 되신 어머니는 요실금으로 기저귀를 착용하시지만 그다지 소용이 없다. 아침이면 의복은 물론 요와 이불까지 젖어서 빨랫감이 한 아름씩 나온다. 하루에 세 번 빨래를 할 때도 있다.

"어머니, 제가 어렸을 때 오줌싸개였잖아요? 기억나세요? 지금은 어머니가 오줌싸개가 되셨네요. 걱정 마세요 어머니. 그때 어머니가 저를 돌봐 주셨으니까 이제는 제가 돌봐 드릴게요."

어머니는 아무 말씀도 안 하신다. 잘 안 들리는 것인지 민망해하시는 것인지 모르겠다.

우리 아들도 착해요

●●● 대학원 기숙사에서 강의실로 이동해야 하는데 늑장을 부리고 있다가 청소하는 아주머니를 만났다. 화장실 쓰레기통 비우는 것을 도와 드렸더니 몹시도 고마워하신다. "이런 일 한다고 깜보지 않으니까 고맙지유." 하시더니, "우리 아들도 선생님처럼 착해요."로 시작해서 한참 동안 아들 자랑을 하셨다. 그러나 나는 착하지 못했다.

내가 고등학교 다닐 때 우리 집은 지방 소도시의 외곽에 있었고 돼지를 몇 마리 키웠다. 어머니는 하루걸러 손수레를 끌고 시내를 한 바퀴 돌면서 돼지 먹이로 줄 음식점의 잔반을 모아 오셨다. 태인 허씨, 양반 가문의 고명딸이셨으나 집안은 몰락하고 당면한 삶은 각박하니 어쩌랴. 쉰을 훌쩍 넘기신 어머니께서 그 무거운 구정물 장군을 끌고 포장도 안 된 비탈길을 올라오기가 얼마나 힘드셨을까?

나는 공부한답시고 빈둥거리다가 하마 어머니가 오실 때가 됐다 싶으면 고개를 빼서 한길을 내다보고는, 작은 체구의 어머니가 손수레를 끌고 산모롱이를 돌아 동네로 들어오는 모습이 보일라치면 어기적어기적 나가서 수레를 마당까지 밀어올리곤 하였다.

그 수레는 어머니 대신 마땅히 내가 끌었어야 했다. 지금이라면 그럴 수 있을 것이다. 공부가 바쁘다는 것은 핑계에 불과했고, 사실은 시내에서 혹시 아는 아이들이라도 마주치면 어쩌나 싶어서 그러지 못했던 것이다.

어머니가 경사진 길을 힘겹게 올라오실 때 더러 수레를 밀어드리는 아이들도 있었을 것이다. 그럴 때 어머니는 이렇게 말씀하셨으리라.

"고맙기도 하지. 우리 아들도 학생처럼 착하다우."

진주상다 (進酒上茶)

••• 동생이 돌아가신 장인의 제사에 다녀오더니 툴툴거린다. 빚지고 살면서 제상(祭床)을 너무 무겁게 차렸더라는 것이다. 사돈집 아줌마들이 워낙 사업 의욕이 강해서 여기저기 일을 벌이다 보니 빚을 많이 깔고 있는 모양이다.

대체 언제부터 제사상이 그렇게 화려해졌을까? 원래 제사는 조상께 차(茶)를 올리는 예식이었다. 지금도 차례(茶禮)라는 이름은 살아있는데 왜 홍동백서(紅東白西)며 주과포혜(酒果脯醯)를 따지는 것일까? 부유한 집안에서는 큰일이 아닐지 모르지만 가난한 사람들이 제사의 격식을 좇아가노라면 허리가 휜다. 오죽하면 '없는 집 제사 돌아오듯이'라는 관용구가 생겼을까.

진주상다(進酒上茶)라는 말은 가장 원초적인 제수(祭需)의 품격을 내포하고 있다. 술은 드리고 차는 올린다는 말이다. 제상에 술을 드릴 수도 있으나 '올리는' 차보다는 격이 떨어진다. 차 한 잔 올리는 제사, 얼마나 정갈하고 품위가 있는가?

혼령이 제물을 먹고 간다는 생각은 3차원적인 발상일 뿐이다. 혼령은 4차원 너머에 있는 존재다. 이미 저승에 가서 영면(永眠)하고 있으니 제삿날 찾아올 리도 없거니와 혹 찾아온다고 해도 영적인 존재가 음식을 우적우적 먹을 리도 없다.

혼령이 실제로 제사 음식을 먹고 간다는 설도 있다. 제수(祭需)의 무게를 달아 보았더니 진설(陳設) 전후의 무게가 조금 차이가 나더라는 것이다. 그런데 이런 이야기도 있다. 어떤 영력(靈力)이 있는 사람이 보니 망인(亡人)의 혼령이 찾아오는 것이 아니라 '더러운' 귀신이 혼령을 가장하여 제상의 음식들을 먹더라고 한다.

제수(祭需)를 걸게 차리는 것은 망자(亡者)를 추모하는 마음이 간절해서라기보다는 핑곗김에 포식을 하자는 의도가 아닐까? 그렇다고 한다면 차라리 이해가 간다. 흩어졌던 친족들이 모여서 우의를 다지는 의미도 있을 것이다. 그렇다면 제상에는 진주상다(進酒上茶)만 하고, 음식은 따로 준비해서 나누어 먹어도 되지 않을까?

자동차의 품격

••• 자동차는 웬만해선 다른 자동차와 부딪치지 않는다. 남을 건드리면 자신도 상처를 입는다는 사실을 알기 때문이다.

사람은 자동차에게서 배울 것이 많다. 사람이 자동차만큼만 자기의 한계를 인식한다면 세상이 훨씬 평화로워질 것이다.

일방적인 상처는 없다. 남에게 상처를 입힐 때 나도 상처를 입는다. 내 주먹으로 남을 때리면 내 주먹도 아프다. 피가 흐르지 않는다고 상처가 없는 것은 아니다.

개인 간의 다툼도 그렇거니와 나라 간의 전쟁은 더욱 끔찍하다. 전쟁에서 이긴 나라는 없다. 더 다친 나라와 덜 다친 나라가 있을 뿐이다. 덜 다친 나라가 목발을 짚고 승전가를 불러 보지만 저도 아프기는 마찬가지다.

달이 참 밝구나

••• 부친이 돌아가신 지 1년이 되었다. 자손들이 모여 추모 예배를 드리고 나서, 부친 생전의 추억을 한 가지씩 나누기로 하였다. 형제들의 이야기는 순탄하게 이어지지 않았다. 부친은 책망이 엄하시고 칭찬에는 인색하신 분이었다. 아마도 형제들의 머릿속에는 매맞고 꾸중 들은 기억, 어려운 살림에 돈 걱정하시던 모습, 그런 것이 먼저 떠올랐을 것이다. 사정이 그렇다 보니 추모를 위한 모임이 자칫 고인에 대한 성토의 장으로 변질될 조짐을 보였다.

그때 선친의 넷째 며느리 되는 제수씨가 웃음을 깨물면서 이런 얘기를 했다. 동생이 결혼했을 당시 신혼 방은 단층 기와집의 오른쪽 끝에 있었고, 샤워장은 왼쪽 모퉁이를 돌아 뒤란 쪽에 있었다. 마당에 벌통을 수십 개 놓은 까닭에(불빛이 있으면 꿀벌이 밤에 쉬지 못한다) 밤에 마루에 불을 켜지 않았고, 부친은 늘 가운뎃방에 누워서 주무시거나 TV를 보셨다. 그래서 제수씨는 샤워를 하고 나서 벌거벗은 채로 깜깜한 마당을 거리낌 없이 지나다녔다는 것이다.

그날도 샤워를 마치고 타월로 대충 몸을 가린 채 마당을 지나가는데 아뿔싸, 그 사이에 동산에 달이 오르고(앞산이 높아 달이 늦게 뜬다) 부친이 달구경 차로 마루에 나와 앉아 계셨던 것이다. 제수씨의 발이 마당 가운데서 딱 얼어붙는 순간, 부친이 고개를 들어 달을 쳐다보시면서 이렇게 중얼거리시더라는 것이다.

"달이 참 밝구나."

시간의 마법

●●● 나는 밥을 빨리 먹는 버릇이 있다. 어렸을 때는 학교가 멀었고, 사회에 진출해서는 직장이 멀어서 그런 버릇이 생겼다고 변명을 하지만 다시 생각해 보면 꼭 그런 것만도 아니다.

할 일을 안 하고 무의미한 인터넷 서핑이나 하고 앉았다가 밥 먹을 때는 부리나케 달려간다. 그런데 밥을 또 천천히 못 먹는다. '얼른 먹고 일해야겠다'는 강박관념으로 밥을 허겁지겁 먹는다. 동료들과 먹는 속도를 맞추지 못하기 때문에 혼자 먹는 게 편하다.

그렇게 밥을 '먹어치우고' 다시 책상 앞에 앉아서 일을 시작하느냐 하면 다음 밥때까지 또 둔전거리며 시간을 보낸다. 결국 어떤 날은 밥 세 끼 먹은 것으로 하루가 마감되기도 한다. 내 생각에는 게으른 사람의 특징 중 한 가지가 '밥을 빨리 먹는 것'이 아닌가 싶다.

전날 정재승 교수가 중학교 동기 동창들 몇을 모아서 밥 먹는 자리에 나를 불러서 합석하였다. 그의 새 저서《열두 발자국》출판 기념으로 정 박사가 한턱내고, 책에 사인도 해 주는 모임이었다. 7시에 시작된 저녁 모임이 2시간 이상 계속되었고, 또 카페로 자리를 옮겨서 잡담 같은 진지한 얘기를 두 시간 이상 나누다가 자정이 가까워서야 헤어졌다.

　그의 일정이 얼마나 빡빡할지는 안 봐도 알 수 있다. 그 많은 강연과 집필과 강의와 독서와 연구와 실험 등등, 그 어간에 가정도 챙기고 친구들도 만나는 것이다. 그의 책 어디엔가 자신은 아무것도 안 하는 시간이 가장 싫다고 하였다. '멍때리는' 시간이 사실상 없다는 것이다.

　그날의 모임도 다른 동창 누가 주선한 것이 아니라 정 박사 자신이 일일이 연락해서 소집한 것이었다. 게다가 약속 시각을 맞추려고 영화를 한 편 보고 오는 길이라고 하였다. 어떻게 그것이 가능할까? 내가 하루를 두 시간처럼 사는 동안 정 박사는 72시간쯤 사는 것 같다.

내 아버지가 아니라서

••• 어떤 무협 소설 이야기다. 갑,을 두 남자는 친구지간인데 한 여자를 사랑한다. 표현은 안 해도 여자의 마음이 갑에게 기울어 있음을 둘 다 안다. 갑은 인격자이며 무공도 뛰어나다. 갑은 여자를 향한 친구 을의 마음이 너무나 간절한 것을 알고는 양보하기로 한다. 그에게 여자는 물론 집과 재산까지 넘겨주고 멀리 떠난다.

을은 여자와 결혼하였지만 마음까지 얻은 것은 아니어서 질투에 몸을 떨며 언젠가 갑이 돌아와 아내를 뺏고 재산을 돌려달라고 할까 봐 전전긍긍한다.

을과 여자의 사이에서 아들이 하나 생겼다. 아들은 우연한 기회에 갑과 부모에게 얽힌 사연을 엿들었고, 군자인 갑에 비하여 아버지가 턱없이 못난 사람이라는 것을 알게 된다. 녀석은 칼질을 연습한 후에 비수를 품고 갑에게 접근하여 살해를 시도한다. 그러나 무공의 고수인 갑이 당할 리 없다. 갑은 녀석이 여자의 아들인 것을 알고 살려서 돌려보낸다. 여자가 아들에게 묻는다.

"왜 그 아저씨를 죽이려 했느냐?"

"…제 아버지가 아니라서요."

몹시 사이가 안 좋은 두 화가가 있었다. 그중 A는 전람회에 그림을 출품하였고 B는 심사위원이 되었다. B가 A의 그림을 한참 노려보더니, "이 새끼가 그림 하나는 잘 그린단 말이야." 하면서 최고 점수를 매겼다.

어른이 된다는 것은 객관화의 능력을 지닌다는 뜻이다. 객관적인 판단 능력을 잃고 확증 편향에 빠지는 사람들은 끝내 세상의 다른 반쪽을 보지 못한다. 그들은 타인을 단지 귀속적(歸屬的)으로만 판단한다. 우리 편이 아닌 사람이 잘못하면 당연히 싫고 잘하면 더욱 싫다. 꼭 정치인들만 그러는 것은 아니다. 정치인들이 유독 눈에 잘 띌 뿐이다.

명당(名堂)

●●● 엉겁결에 종친회장이 된 동생과 함께 당숙 한 분을 모시고 조상들의 묘역 10여 곳을 탐방하던 중, 10대조와 9대조의 묘역을 단장하신 분들의 명단에 돌아가신 백부님의 함자가 맨 앞에 새겨져 있는 것을 발견했다. 아마도 4대 독자이며 종손(宗孫)이었던 조부님이 묘역 조성을 지휘하셨을 것이고, 종손의 대를 잇는 백부님의 함자를 석물(石物)에 박아 넣으셨을 것이다.

되돌아보니 선친이 언뜻언뜻 들려주셨던 얘기들이 생각난다. 종가의 적통 장자였던 조부님은 풍수지리에 빠져서 조상님들의 묘역 단장에 재산을 탕진하신 후 아드님들을 이끌고 산중으로 들어오셨다는 것이다. 명분으로는 난리를 피하고 발복(發福)할 집터를 잡았다지만 내막은 재산이 거덜나서 그러셨을 것이다.

조부님의 아들 넷 중 장자와 3자가 부친의 뜻을 따라 산중으로 이거(移居)하였으니, 3자가 내 선친이시다. 조부님은 처음에 백부님 댁에 사셨는데 1962년 순천 대홍수 때 산사태가 나서 일가족이 몰살을 당하고 조부님과 백부님만이 기적적으로 살아남았다. 백부님

은 재취(再娶)하여 마을로 내려가시고 조부님은 우리집에서 기거하
시다가 76세에 돌아가셨다.

조부님은 그렇게 명당에 조상님들을 모시고 길한 집터를 잡아 과
연 발복을 하셨던가? 우습게도 시제(時祭)를 지내는 10기의 묘소 중
단 3기를 제외한 7기가 지금은 남의 땅에 자리하여 이장(移葬)을 요
구받고 있다. 본래는 종중의 사유지에 양해를 얻어 모셨겠지만, 흐
르는 세월 속에 땅임자가 바뀌어서 묘소만 공중에 뜬 것이다. 심지
어 종중산마저 수십 년 전에 종친 한 분이 사문서를 위조하여 팔아
치우는 바람에 무덤 주변 몇백 평씩만 남기고 다 외인의 소유가 되
었다.

어린 시절에 뵌 조부님은 허리가 꼿꼿하시고 별로 말씀이 없으신
노인이었다. 어느 가을날 추수를 앞둔 논밭을 한 바퀴 둘러보고 오
시더니, '나락이 다 익었더라' 하시고는 다음 날 새벽에 숨을 거두셨
다. 선친은 조부님이 쌀밥을 드시고 싶었던 모양이라시며 늘 마음
아파하셨다.

조부님은 만년에 무슨 생각을 하셨을까? 그래도 그 끔찍한 산사
태에서 목숨을 건졌으니 조상을 명당에 모신 덕이라고 자위하셨
을까?

묘족 유감(猫族遺憾)

••• 사람을 개와 고양이에 빗대보면, 개과는 보수적이고 현실적이며 조직에 충성하는 유형인 데 비하여 고양이과는 노장(老莊) 스타일의 자유로운 영혼이다. 들개보다 길고양이가 많은 것도 저들의 성향을 반영한다. 들개는 대부분 유기견(遺棄犬)이지만 길고양이 중 상당수는 자의적으로 집을 나온 가출묘(家出猫)들이다.

작년 늦가을에 텃밭에 몇 가지 씨앗을 심었는데 봄이 되니 시금치만 좀 살아남고 다른 것들은 다 죽어버렸다. 날씨와 고양이가 공범이다. 한파(寒波)가 두어 번 지나가기도 하였지만 열댓 마리의 노숙고양이들이 아침마다 텃밭을 헤집고 똥을 싸대니 씨앗이 견뎌내지를 못한 것이다.

이 글은 고양이를 욕하려고 쓰는 글이지만 저들의 배변 관리 능력만은 칭찬을 해야겠다. 고양이는 부드러운 밭흙을 파헤친 다음 허리를 쭉 펴고 똥을 싼다. 그리고 냄새를 킁킁 맡은 후에 흙을 긁어 덮는다. 개와 고양이를 비교하여 사람에 대한 충성도나 교감 능력을 중심으로 평가한다면 개가 고양이보다 월등한 동물이지만 배변 관리 능력은 고양이가 탁월하다. 개도 훈련을 시켜서 배변 장소를 지정해 줄 수는 있지만 고양이처럼 변을 파묻지는 못한다.

성경에 '똥 싸는 법'이 기록되어 있다고 하면 못 믿을 사람이 많을 것이다. 놀랍게도 그 과정이 고양이의 배변 처리 방식과 똑같다. 다만 공작인(Homo faber)으로서 발톱 대신 삽을 쓸 뿐이다.

"… 너의 진 밖에 변소를 베풀고 그리로 나가되 너의 기구에 작은 삽을 더하여 밖에 나가 대변을 통할 때에 그것으로 땅을 팔 것이요 몸을 돌이켜 그 배설물을 덮을지니…" (신명기 23장 12~13절)

인터넷 동영상을 보고 고양이에 대해 환상을 가지면 안 된다. 현실의 고양이들은 무정하고 뻔뻔하며 의심이 많다. 밥을 주기 전에는 애절한 눈빛으로 바라보다가 일단 배가 부르면 눈도 마주치지 않는다. 목덜미라도 한번 만져보려고 손을 뻗치면 펀치를 날리거나 재빨리 도망친다. 그렇게 사람을 못 믿으면서 주는 밥은 왜 먹는 것일까?

이따금 쥐, 개구리, 풍뎅이 같은 것들을 잡아다가 문밖에 놓아두는 일이 있는데, 그것이 고마움의 표현인지 물물교환을 시도하는 것인지 알 수가 없다. 보은(報恩)의 행위라면 '은혜 갚는 고양이' 이야기가 나올 만하지만 내가 경험한 범주 내에서는 고양이가 은혜를 인지한다거나 갚는다는 근거는 없다.

묘족은 먹이가 부족하면 어린 것들부터 개체 정리를 한다. 이것이 사람과 짐승의 차이다. 새끼는 보통 서너 마리를 낳는데 살아남아 성체가 되는 것은 절반에도 못 미친다. 사체가 눈에 띄어 묻어 준 것들도 있지만 어디서 죽는지도 모르게 사라지는 것들이 더 많다. 고양이는 죽은 새끼들에 대해서 일절 연민을 드러내지 않는다.

지난해 말에 희한한 고양이를 만났다. 우리 집 창고에서 태어난 아깽이 4마리 중에서 딱 한 마리가 동생을 졸졸 따라 집 안으로 들어온 것이다. 용감한 것인지 뻔뻔한 것인지 사람을 전혀 무서워하지 않는다. 소파에 앉아 있으면 무릎에 올라 잠들고 컴퓨터 작업을 하고 있을 때 머리 꼭대기로 기어오르기도 한다. 이놈을 밥 먹이고 재우면서 집고양이로 키우는데 봄이 되자 밖으로 나가더니 종일 들락거리기를 시작한다. 밖에서 놀고 잠도 밖에서 자면서 밥은 꼭 안에 들어와서 먹는다.

올해 여름에 한 살도 안 된 것이 새끼를 낳았다. 언덕 위 빈집에 세 마리 낳은 것을 찾아내서 창고로 데려왔다. 새끼들을 키우면서도 밥은 들어와서 먹는다. 새끼 세 마리 중에서 한 마리는 일찍 죽고 두 마리를 키우더니 그중 한 마리가 또 비실비실하다가 오늘 아침에 죽었다. 어미가 아침 일찍 들어와서 밥을 먹고 나가는 걸 따라가 봤더니 창고 입구에 새끼가 죽어 있는데, 감지도 못한 눈에 벌써 개미떼가 몰려들었다. 어미는 죽은 새끼를 거들떠보지도 않는다. 아무리 짐승이지만 새끼가 죽었는데 밥 먹으러 들어왔었나 싶어서 미운 생각이 왈칵 들었다. 죽은 새끼를 묻어주고, 종일 어미에게 문을 열어 주지 않았다.

　사람의 정서로 짐승을 판단하는 것이 난센스일까? 고양이의 자유로운 영혼을 동경하면서도 저들에게 개와 같은 충성심과 교감(交感)을 바라고 있으니 내가 이상한 사람이긴 하다.

밤섬 이야기

●●● 밤섬은 여의도와 마포 사이 서강대교 밑에 길게 고구마 모양으로 늘어진 섬이다. 윗섬과 아랫섬으로 나누어져 있는데 아랫섬 위로 서강대교가 지나간다. 윗섬은 영등포구에서, 아랫섬은 마포구에서 관할한다.

원래는 바위산이 뽈록 튀어나온 밤 모양이었던 이 섬은 책 한 권에도 담을 수 없는 내력을 지니고 있다. 언제부터 사람이 거주했는지는 모르지만 조선 시대 초기에 노비들을 보내 말과 가축을 기르고 뽕나무를 재배하게 했다는 기록이 있다. 마포에 배가 드나들 때는 배 만들기가 밤섬의 중심 생업이었다. 고립된 생활을 하다보니 독특한 문화가 형성되었는데 심지어 근친혼의 풍습도 있었다고 한다. 한때 1000여 명까지 거주했던 이 섬은 1968년에 폭파되어 사라질 당시에도 60여 가구 400여 명이 거주하고 있었다. 섬의 잔해는 여의도의 습지를 메우고 윤중제를 쌓는 데 사용되었다.

그렇게 사라졌던 섬의 뿌리에 차츰 퇴적물이 쌓여 서서히 물 위로 드러나기 시작하더니 1980년대에 이르러 본래 크기의 6배에 이르는 24만㎡의 뭍이 조성되었다. 수풀이 우거졌으며 온갖 철새들이 서식하여 1999년에는 국내 18번째로 람사르 습지로 지정되었다.

고향을 잃은 밤섬 주민들은 마포구 창전동 와우산 남쪽 경사지에 정착촌을 계단식으로 조성하였는데 그들 중에서도 가장 가난한 사람들이 마지막 5계단에 살았던 것 같다. 나는 1980년대 초에 와우산 5계단에서 몇 년간 그들과 이웃하여 살았다. 애초에 밤섬 사람이 살던 작은 집을 몇 단계 거쳐서 형이 샀고, 내가 그 집에 얹혀 살게 된 것이다.

거기서 만난 밤섬 사람들은 가난하고 무식하고 거칠었으며 술에 취하면 고향을 없애버린 '시장놈'을 욕하곤 하였다. 옆집 노인은 밤낮 술에 절어 사는데 술김에 넘어져서 늘 얼굴이 까여 있었다. 어쩌다 날일거리가 생기면 차비 좀 꿔 달라고 문을 두드리곤 하였는데 빌린 돈을 갚아 본 적이 없었다.

그 산동네에 웬 지네가 그리도 많았는지 노인의 집 처마에는 늘 말린 지네 몇 마리가 대롱대롱 매달려 있었다. 어느 날 친구가 찾아왔는데 내가 '이 동네에 지네가 많다'고 말하는 순간 천장에서 큰 지네가 뚝 떨어지는 바람에 혼비백산하기도 하였다.

나는 퇴근길에 서강 쪽에서 당구를 치다가 가파른 계단길을 걸어 와우산에 오르곤 하였다. 그 초입에 '밤섬부군당'이 있다. 밤섬 폭파 당시 옮겨 지었다는 이 신당은 부군신, 삼불제석, 군웅신을 모시고 밤섬 사람들이 해마다 모여 제사를 지내는데 이것이 서울시 무형문화재 35호로 지정된 밤섬부군당 도당굿이다.

　와우산 북쪽에서 5계단에 이르는 다른 길은 신촌 쪽에서 와우 아파트를 지나 홍익대학교 후문 방향으로 산등성이를 넘어가는 찻길과, 아파트 입구에서 왼쪽 능선을 감아도는 인도(人道)가 있었는데 이 길을 따라 걸으면 마포, 여의도, 영등포까지 한강 일대가 한눈에 들어온다.

　1980년대 중반에 와우산에 재개발 바람이 불면서 형의 집이 팔렸고 나는 하숙집으로 떠났다. 밤섬 사람들은 어찌 되었을까? 그들의 생활 형편으로 미루어 짐작건대 신축된 아파트에 입주한 주민은 거의 없었을 것이다. 아마도 《난쟁이가 쏘아올린 작은 공》의 낙원구 행복동 사람들처럼 딱지를 팔고 또 어디론가 떠났으리라.

　밤섬은 다시 뭍으로 드러났지만 사람이 들어갈 수는 없고, 망원경으로 철새를 관찰할 수 있을 뿐이다. 어쩌면 밤섬 원주민들의 넋이 철새들에게 깃들어 밤섬을 다시 찾는 것인지도 모른다.

산나물 삼제(三題)

●●● 아는 만큼 보인다

언젠가 곰배령 아래서 자고 아침 일찍 '곰취를 안다'는 동료와 둘이서 산에 올랐는데 곰취는 한 장도 못 따고 이것저것 나물처럼 보이는 것들을 배낭 가득 따 왔다. 그런데 아내도 나물을 모른다. 절반 이상은 식용 식물이었겠지만 그중 하나만 독초라도 큰일이 나는 것이니 죄다 버릴 수밖에 없었다.

어머니를 모시기 위해 귀향해서 봄철마다 산나물을 캐러 다니기가 벌써 여러 해 되니 이제 몇몇 나물은 확실히 알고 채취한다. 적어도 못 먹을 것을 뜯어 오지는 않는다. 처음에는 땅두릅을 몰라서 밟고 다녔는데 지금은 두릅을 캐느라고 참취나 비비추는 그냥 지나칠 때가 많다. 알고 보면 잡초는 없다고 하니 어쩌면 두릅을 캐느라고 밟아 버린 것이 더 귀한 나물이나 약초일 수도 있을 것이다.

부지런한 자가 이긴다

나물 철의 야산은 작은 전쟁터다. 나물꾼들끼리도 경쟁이 치열하지만 이 전쟁은 사실상 시간과의 싸움이다. 이른 아침에 벌써 배낭을 가득 채워 내려오는 사람들도 있다. 비가 부슬부슬 오는 날, 외출하기 싫고 낮잠이나 자기 좋은 날이 나물꾼들에게는 황금의 시간이다. 그런 날은 온갖 산채(山菜)가 죽순처럼 쑥쑥 올라온다. 길도 없는 비탈에서 발이 쭉쭉 미끄러지지만 탐스럽게 고개를 내민 나물을 만나면 나물꾼은 가슴이 두근거린다.

어떤 나물이든 나오는 기간이 있기 때문에 적기(適期)를 놓치면 다시 1년을 기다려야 한다. 우리 고장에서 땅두릅은 4월 중순에서 5월 중순까지 채취할 수 있는데, 며칠 게으름을 부리다가 나가보면 다른 나물꾼들이 쓸고 지나갔든지 벌써 쇠어버려서 먹을 수 없게 된다.

자연은 어머니 같아서

부지런한 나물꾼들의 뒤를 게으른 내가 어기적어기적 더듬어 따른다. 그렇다고 빈손으로 산을 내려오는 것은 아니다. 나물이 돋아나는 때가 한결같지 아니하여 부지런한 나물은 부지런한 나물꾼의 차지가 되고 게으른 나물은 나같이 게으른 자의 차지가 된다. 식물의 종류별로도 순이 돋는 시기가 다르거니와 한 뿌리에서도 여러 순이 시차(時差)를 두고 돋아나니 재미있다. 자연은 자애로운 어머니 같아서 어미 제비가 새끼들을 고루 먹여 기르듯 이놈 저놈에게 고루 나누어 먹이신다.

삼나무숲과 무덤

●●● 보성 차밭은 여러모로 인상적인 곳이다. 머리를 단정히 깎은 학동들처럼 산비탈에 줄지어 서 있는 차나무들도 정겹거니와 차밭을 감싸 안듯이 둘러선 삼나무숲의 위용이 탄성을 자아낸다. 차나무와 함께 삼나무를 심은 사람의 혜안에 감탄하게 된다. 오늘날 삼나무 숲이 없었다면 차밭의 풍광은 훨씬 초라하였을 것이다.

삼나무는 50여 년 전 차나무를 심을 때 함께 심었다고 한다. 차나무는 해마다 전정(剪定)을 하여 사람의 허리 높이에 머물렀지만 삼나무는 거침없이 높고 곧게 자라서 '전봇대나무'라는 별명에 어울리는 모습이다.

차밭 사이를 걷다가 생뚱맞은 풍경과 맞닥뜨렸다. 묘비명(墓碑銘)도 선명한 무덤 두 기(基)가 차밭 한가운데 떡하니 자리잡고 있는 것이다. 최근에 벌초를 했는지 빡빡 깎은 머리처럼 단정해 보인다. 그런데 차밭과 무덤이라니, 왠지 어울리는 조합이 아니다. 혹 차밭을 조성하신 분이 혼령이라도 차밭에 머물기 위해 묻힌 것인가 싶어서 물어보니, 무덤은 차밭이 생기기 전부터 있었다고 한다.

나는 지난 수십 년간 차밭과 무덤 사이에서 벌어졌을 밀고당기기가 상상되었다. 망자(亡者)의 후손들은 대가를 좀 더 받으려고 '알박기'를 하는 것일까, 아니면 그곳이 명당이라서 발복(發福)을 믿고 조상의 묘소를 굳게 지키는 것일까?

　차밭과 삼나무 숲을 조성한 사람이나 무덤에 누운 사람이나 이미 저세상 사람이다. 그러나 남기고 간 자취에는 큰 차이가 있다. 삼나무는 지금도 자라고 차나무는 향기로운 차를 생산하지만 무덤은 봉분만 덩그렇게 남아 있을 뿐이다. 파 본댔자 형해(形骸)도 다 썩어 흔적도 없을 것이다.

　오십 년 전 어린 삼나무는 언덕 위의 무덤들을 치어다보았을 것이나 지금은 하늘을 찌를 듯이 자라서 무덤을 건너다보고 있다. 조금 더 자라면 위에서 굽어볼 것이다.

술찔이

••• 나는 술을 거의 못 마신다. 한 잔에 얼굴이 붉어지고 두 잔에 머리가 아프고 석 잔에 어지럽고 넉 잔에 토하거나 잠이 든다. 기절도 몇 번 경험했다. 세칭(世稱) '술찔이'다.

그러면서도 나는 늘 술을 생각한다. 술을 생각하면 기분이 좋아진다. 목이 마를 때는 맥주가, 적막한 날은 소주가 생각난다. 그런데 막상 술을 마시면 몸이 괴롭다. 술은 거짓말쟁이다.

술을 잘 못 마시면서도 왜 나는 술을 그리워하는가? 술은 내게 시(詩)와 같다. 실체가 아닌 이미지로 존재한다. 술의 맛, 향기, 빛깔, 술 따르는 소리, 술잔의 감촉, 술 마시는 사람들, 포장마차의 분위기, 술에 얽힌 이야기들….

공립학교 교사가 전근을 다니면서 같은 사람을 두 번 만나기도 쉽지 않은 일인데 O 선생과 나는 세 학교에서 만났다. 그는 품성이 너그럽고 다재다능하며 크리스천인데 술을 무척 좋아하는 분이다. 나보다 몇 살 아래지만 늘 흠모하여 친구로 사귀고 싶은 마음이 있었다. 나는 D 고등학교에 머물고 그분은 K 고등학교로 전근했는데 한

번 만나자고 했더니 선뜻 우리 학교 근처로 왔다.

반주를 곁들여 저녁을 먹는데 웬일인지 그날따라 술이 술술 잘 넘어갔다. 그러다가 한순간 머리가 아프다 싶었는데 깨어나 보니 나는 엎어져 있고 식탁 위아래가 토사물로 엉망진창이다. 정신이 반쯤 나간 중에도 이런 망신이 없다 싶어서 걸레와 휴지로 토사물을 대략 닦아 치우고 나왔는데, 술이 깨지 않아 까치고개를 넘어가는 동안 수십 번을 주저앉았다. 집이 용인인 O 선생은 나를 부축하여 집 앞까지 바래다주고 밤늦게 버스를 타러 갔다. 내가 기절하다시피 쓰러져 잠든 사이에 그는 무슨 생각을 하며 귀가했을까? 언감생심(焉敢生心)! 술찔이가 술꾼과 친구가 되려 했다는 게 망발이다.

조롱곳 누로기 매와
잡사와니 내 엇디하리잇고

고려 속요 〈청산별곡〉, 이 쓸쓸한 노래는 술로 결미(結尾)한다. 그 시절도 이래저래 '술 권하는 사회'였던 모양이다. 체념적 정서라고 비웃을 수도 있겠지만 체념하지 않고는 살아낼 수 없었다는데야 무슨 말로 비난을 할 것인가? 소동파의 〈적벽부(赤壁賦)〉도 물아일체(物我一體)의 자연 철학을 거창하게 펼치다가 결국 술로 마침표를 찍는다. 감상자들은 본문의 고담준론(高談峻論)보다 결미의 '배반낭자(杯盤狼藉)'에서 무릎을 친다.

술 이야기에 송강(松江) 정철(鄭澈)을 빼놓을 수 없고 장진주사(將進酒辭)를 인용해야 하겠지만 내키지 않는다. 술이 과해서 실수가 잦으므로 선조(宣祖)가 은잔을 주면서 하루에 한 잔만 마시라고 했더니 그걸 굳이 두들겨 펴서 큰 대접을 만들어 마셨다니 가히 주광(酒狂)이라 할 만하다. 정치적 편력도 마뜩찮거니와 술도 내 타입이 아니다. 강화도에서 궁핍하고 쓸쓸한 만년을 보내다가 죽었으니 되짚어 보면 술에도 원인이 없지 않다.

남자들의 세계는 술을 빼면 얘기가 안 된다. 낮에 생긴 갈등을 밤에 술로 푼다. 나도 어쩌다 술자리에 끼여 술은 마시는 시늉만 하고 안주만 야금거리면서 술꾼들이 하는 얘기를 들어보면 씨알머리 있는 얘기는 하나도 없다. 밤이 깊어 드디어 술자리가 파하나 했더니 어깨를 걸고 또 2차, 3차를 간다. 횡설수설은 이어진다. 다음 날이 되면 간밤에 술자리에서 했던 얘기는 하나도 기억을 못 하니 기억하는 나만 우스운 사람이 된다. 다만 술판에서 주고받았던 무의미한 말들과 함께 묵은 갈등의 찌꺼기도 다 버렸다는 것, 이것이 중요하다. 그것이 음주의 중요한 기능이자 목적이다.

대학에 입학하자 선배들이 환영회를 한다며 중국집에서 고량주를 돌리는데 얼마나 독하던지 목에서 불이 난다는 게 이런 것이구나 싶었다. 스물세 살 때 첫사랑을 잃고 혼자 마셨던 소주의 쓴맛이

술맛이었는지 인생의 맛이었는지 지금도 모른다. 은사이신 의재(宜齋) 선생님을 모시고 문선 형이랑 술을 마시다가 잠이 들었는데, '스승 앞에서 술 마시고 자는 놈'이라며 두고두고 꾸중을 하셨다. 설날 세배를 다니면서 마시던 따끈한 청주는 일본에 가니 사케라고 하였다. 주점 종업원이 '호또오르콜도'라고 하는데 아무도 못 알아듣는 걸 내가 얼른 알아듣고 '호또 플리즈'라고 했더니 따끈한 사케를 갖다주었다. 청주에서 대학원 다닐 때 밤마다 파닭을 안주로 생맥주를 마셨는데 거기서는 이상하게 취하지도 않았다.

지금부터 연습하여 애주가나 호주가가 될 수 없을 것이며 그러고 싶지도 않다. 내가 사랑하는 것은 앞으로도 술의 실체가 아니라 다만 술의 이미지일 뿐일 것이나, 좋은 사람들이 격조 있는 술자리에서 부르면 나는 기꺼이 백거이의 '류십구'가 될 것이다.

綠蟻新醅酒 녹의주 익어 부글부글 거품이 뜨고
紅泥小火爐 진흙 화로가 벌겋게 달았네
晚來天欲雪 저물녘에 눈도 올 듯한데
能飮一杯無 한잔 마시지 않을 수 있겠는가?

— 백거이, 류십구에게 묻다

과잉 기억 증후군

●●● 나는 생후 8개월쯤 되었을 때의 일을 기억한다. 나는 어머니 등에 업혀 있었고 어머니는 어떤 시골집 부엌으로 들어서고 계셨다. 그 부엌의 왼쪽 벽을 따라 누런 보리목이 어른 키높이만큼 쌓여 있었다. 나는 왼손으로 그 보리목을 한 움큼 쥐어서 입에다 처넣었다. 기억나는 것은 거기까지다.

언젠가 그 얘기를 어머니께 했더니 깜짝 놀라시면서 돌도 되기 전의 일이라고, 그때 죽을 뻔했다고 하셨다. 그 집 아주머니가 손가락에 풀솜을 감고 내 입에서 보리목을 끄집어내어 살렸다는 것이다. 그것이 내 생애에서 가장 오래된, 죽다 살아난 기억인 셈이다.

과잉 기억 증후군은 뇌의 이상 현상의 일종으로 쓸데없이 많은 것을 기억하는 증세다. 전 세계에 80명 정도 있다고 한다. 오스트레일리아 퀸즈랜드에 사는 레베카 샤록이라는 여성은 인큐베이터에 있을 때, 심지어 엄마의 뱃속에 있을 때의 기억을 더듬어 그림으로 그려낸다. 레베카는 자신의 상태를 '기억력의 저주'라고 표현한다. 좋은 기억뿐 아니라 고통스러운 기억조차 매 순간 생생하게 떠올라

과거와 현재를 동시에 사는 느낌이라는 것이다.

나도 기억 과잉에 좀 시달리기는 하지만 병적인 수준은 아니다. 그래도 그런 사람들의 고통이 어떤 것인지는 어렴풋이 이해할 수 있다. 나쁜 기억이 생생하게 떠올라서 잠들기 어려운 날은 애써 좋은 기억을 끌어다가 그것을 밀어낸다. 좋은 기억이 제대로 환기(喚起)되지 않을 때는 살아오면서 왜 아름다운 추억을 좀 더 많이 만들지 못했을까 후회가 되곤 한다.

어렸을 때 읽은 얘기다. 아이들이 길가에 앉아 '세상에서 가장 무서운 것'이 무엇인지 지나가는 어른들한테 물어본다. 여러 응답이 나오는데, 어떤 어른이 심각한 표정으로 '망각'이라고 대답한다. 망각은 이야기 속의 아이들에게도 읽는 내게도 어려운 말이었다. 아이들은 숙연해졌고, 나도 미지의 어두컴컴한 심연(深淵)을 들여다보는 듯한 느낌을 맛봤다.

그런데 지금 와 생각해 보니 망각은 무서운 것이 아니라 오히려 축복이다. 꽃길만 걷는 인생이 어디 있으랴? 누구에게나 아프고 끔찍하고 쓰라린 경험은 있는 것이고, 그것을 잊을 수 있으니 사는 것이다. 나쁜 기억이 날마다 되살아나서 끝없이 되풀이된다면 그것이야말로 지옥이 아니고 무엇이겠는가?

자금성(紫禁城) 소회

••• 자금성은 구경꾼을 압도한다. 천안문으로 들어가 직통으로 걸어 후문을 나서는 데만 두 시간이 걸린다. 그 사이에 시뻘겋게 외벽을 칠한 고루거각(高樓巨閣)들이 끝없이 늘어서 있다. 이곳에서 명대(明代)와 청대(青代)의 24 황제가 거주했다고 한다.

나는 인파(人波)를 헤치고 자금성을 관통하면서 우리나라의 '작은' 궁궐, 그 소박함이 그리워졌다. 물론 그것도 상대적인 생각이다. 사실 우리 궁궐도 민초(民草)의 오막살이에 비하면 얼마나 사치스럽고 우람한 것인가.

백제는 왜 궁궐을 남기지 않았을까? 망한 나라의 궁궐이라서 다 훼파해 버렸던가? 애시당초에 백제의 궁궐은 백성의 집보다 크게 화려하지는 않았다는 설도 있다.

집의 크기나 옥좌의 위용, 왕관의 높이, 의상의 화려함 같은 것으로 강요되는 권위가 아니라, 책임지고 다스리는 자의 고뇌 그 자체에 압도당하고 싶다. 임금의 시대는 지나갔으니 대통령, 총리, 장관, 시장(市長)의 소박한 삶에서 빛나는 권위를 발견할 수는 없을까?

일반(一飯)에 삼토포(三吐哺)하고 일목(一沐)에 삼악발(三握髮)했다는 주공(周公)을 생각해 본다. 주공이야말로 왕재(王才)가 출중한 사람이었고 실제로 왕이 할 일을 다 했으나 끝내 왕의 자리를 노리지 않았다. 주공의 집은 결코 화려하지 않았을 것이다.

자금성의 뒷문으로 나가서 생각해 보니 제대로 본 것이 없다. 그렇다고 되돌아갈 생각도 없고 다시 올 생각도 없다.

시와 노래

●●● 대학원 은사이신 평론가 유성호 선생님이 《문학으로 읽는 조용
필》이라는 책을 내셨다. 선생님이 이제껏 써 오신 글의 무게에 비할
때, 이는 잡기(雜記)인 듯도 싶고 팬의 마음으로 예인(藝人)에게 드리
는 오마주인 듯도 싶었는데, 읽고 나니 여향(餘響)이 넓고 깊다.

선생님은 이 책에서 조용필 노래의 가사만을 분석해서 그 문학성
을 발굴한 것이 아니라 가수 조용필을 '문학'으로 읽었다. 그러니까
조용필은 그 자체로서 문학의 한 작은 갈래인 것이다. 노래는 곡조
와 노랫말이 하나다. 더 나아가서 곡조와 노랫말과 가수가 하나다.
명색 시인인 나로서는 서정문학의 통합적 형태인 노래의 위상, 그리
고 노래와 분리된 시의 정체성을 다시 생각해 보는 기회가 되었다.

시는 원래 노래였다. 신라 향가도 고려가요도 시조도 가사(歌辭)
도 마찬가지다. 구한말에 신체시가 출현하면서 노랫말이 곡조에서
분리되기 시작했고 그렇게 분가(分家)한 것이 현대 자유시다.

그래도 한 몸이었으니 늘 재결합을 시도한다. 시에 곡조가 붙어
아름다운 노래가 되기도 하고, 어떤 노래의 가사는 시의 경지를 능

가하기도 한다.

산꼭대기에 세워진 이 불나무를
밤바람이 찾아와 앗아가려고 타지도 못한 덩어리를 덮어버리네
오 그대는 아는가 불꽃송이여 무엇이 내게 죽음을 데려와 주는가를
뎅그마니 꺼져버린 불마음 위에 밤 별들이 찾아와 말을 건네어도
대답 대신 울음만이 터져버리네
오 그대는 아는가 불꽃송이여 무엇이 내게 죽음을 데려와 주는가를
산 아래 마을에도 어둠은 찾아가고
나 돌아갈 산길에도 어둠은 덮이어
들리는 소리 따라서 나 돌아가려나
오 그대는 아는가 불꽃송이여 무엇이 내게 죽음을 데려와 주는가를

— 방의경, 불나무

여기서 시의 정체성에 대한 의문이 생긴다. 시는 노랫말이 될 때 그 의의가 극대화하는가? 그렇지는 않다고 본다. 시가 단지 의미를 전달하는 언어라면 산문과 구별되지 않을 것이다. 곡조가 외형적으로 붙지 않아도 시에는 내적인 율조가 있다. 시인이 심어 둔 곡조가 독자의 마음에도 공명된다. 좋은 시는 작곡되기 이전에 이미 '제 곡조를 못 이기는 사랑의 노래'인 것이다.

비유인 (比喩人)

●●● 자동차가 좁은 숲길을 천천히 달리고 있다. 길을 따라 양쪽에 큰 나무들이 빽빽이 서 있어서 하늘이 안 보일 정도다. 대여섯 살 먹었음 직한 아이가 차창 밖으로 고개를 내밀더니 숲을 바라보면서, "할아버지 나무다!"라고 외친다. 어린이는 태생적으로 시인이다.

비유는 언어인(Homo linguistics)의 본질적 기능이다. 비유는 시(詩)에만 쓰이는 것이 아니다. 의식을 하든 못하든 일상생활에서 수많은 비유를 쓴다. 시의 비유는 새로워야 하지만 일상의 비유는 친숙한 것이 더 좋고, 새로운 것이라 하더라도 누구나 알아들을 수 있어야 한다. 비유가 기발하면서도 상황에 딱 들어맞으면 언어의 품격이 높아지고 신선감을 준다. 역사학자 J 선생은 우리 시대 최고의 비유인(比喩人)인 것 같다.

— 위암으로 진단하고 환자의 배를 갈랐는데, 암세포가 안 보이자 폐, 간, 신장, 대장 부위에까지 마구잡이로 칼을 대는 의사가 있다면, 그에게 맞는 칭호는 의사가 아니라 '인간 백정'입니다. 지금의

검찰은 나라의 환부를 수술하는 '의사'가 아니라, '나라 백정'이라고 해야 할 겁니다.

비유의 수준과 생명력은 보조관념(補助觀念)이 결정한다. 보조관념이 새로우면 새로운 비유가 되고 보조관념이 더러우면 더러운 비유가 된다. 욕설은 대부분 'ㅇㅇ같은 놈'과 같은 직유(直喩)의 구조로 이루어진다. 욕설은 말싸움의 아이템인 셈인데, 보조관념의 자리에 얼마나 차진 말을 집어넣을 수 있느냐에 따라 승부가 결정된다.

나는 언제부턴가 녹차라떼를 안 마신다. 누군가가 4대강 치수 사업의 결과로 발생하는 녹조(綠藻) 현상을 녹차라떼에 비유하면서부터 입맛을 잃었다. 내 상상력이 지나친 것인지는 모르겠으나 그것은 끔찍한 비유였다. 마약 김밥, 마약 베개와 같은 비유도 무섭다. 이런 비유는 마약에 대한 경각심을 흐리게 한다. 그 파급 효과를 누가 검증하고 책임질 것인가?

'민중은 개돼지'라고 말한 어떤 공무원이 있었다. 거국적으로 성토를 당했고 징계를 받았지만 이 비유는 잊히지 않고 인구(人口)에 회자(膾炙)된다. 둘러보니 정말 사람의 탈을 쓴 개돼지들이 너무 많다. 어쩌면 그는 폭언을 한 것이 아니라 '임금님 귀는 당나귀 귀' 같은 금기 영역을 건드린 것인지도 모른다.

따뜻한 비유가 넘실거리는 세상에서 살고 싶다. 참신한 비유가 가슴을 떨리게 하는 아름다운 시를 읊고, 또 짓고도 싶다.

우후산행(雨後山行)

●●● 찔레 가시가 옷을 할퀼 때마다 나는 화를 내며 다음에 낫을 가져와 확 베어버릴 생각을 했었는데 오늘 보니 진한 향내를 풍기며 꽃을 잔뜩 피웠다. 수많은 꿀벌들이 모여들어 관현악단의 조율음 같은 소리를 내며 꿀을 따고 있다.

이름도 모르는 덩굴 식물이 발목에 휘감길 때 손으로 잡아 뜯으며 '이런 놈은 왜 태어나 무슨 보람으로 사나' 싶어 한숨을 쉬었는데, 오늘 기막히게 우아한 꽃을 피운 것을 보았다. SNS에 사진을 찍어 올렸더니 어떤 분이 '큰꽃으아리'라고 이름을 알려 주었다.

의미 없는 생명은 없다. 어떤 것은 의미를 일찍 드러내고, 어떤 것은 더디 드러낼 뿐이다. 사람도 마찬가지다. 식물이든 동물이든 사람이든, 태어났으면 존재 이유가 있을 것이니 그것이 드러날 때까지는 믿어주고 기다려 주어야 한다.

제3부

커피는 무엇으로 마시는가

빗방울 교향악

••• 나는 비오는 날을 좋아한다. 빗방울이 발코니의 함석 지붕을 두드릴 때, 창가에 누워 그 소리 듣기를 좋아한다. 무심코 들으면 그냥 소음이지만, 몰입하여 들어보면 수천 수만의 빗방울들이 제각기 다른 소리를 낸다. 나는 지상에서 가장 오래된 타악기의 이 놀라운 연주회를 혼자 감상한다. 이태준 선생도 어떤 수필에서, 마당에 파초를 기르는 뜻은 빗방울 듣는 소리를 즐기기 위함이라 하였다.

발코니의 지붕에 녹이 많이 슬어서 사람을 부른 적이 있었다. 아스팔트 싱글을 덮으면 단열 효과도 있어서 좋을 것이라고 하였다.

"빗소리는요?"
"물론 그것도 거의 잡을 수 있습니다."
"그러면 안 할래요."

시공업자는 이상한 사람이라는 듯이 나를 위아래로 훑어보며 갔다.

비를 맞으러 나가지는 않는다. 비에 젖은 몸의 꿉꿉함이 싫다. 어렸을 때 살던 모옥(茅屋)은 비가 오는 날이면 방 안도 눅눅했다. 부엌에서는 어머니가 밥을 짓느라고 눈물을 흘리며 젖은 풋나무에 입바람을 불곤 하셨다. 그리고 보니 나는 비를 좋아하는 것이 아니다. 비가 새지 않는 지붕 아래 있다는 것, 비가 와도 뽀송뽀송한 방이 있다는 것이 행복할 뿐이다.

비가 와도 비를 맞으며 일해야 하는 사람들이 있다. 비 오는 날 논에 물꼬를 잡으러 나갔다 들어오시는 아버지의 종아리에는 일쑤로 거머리가 붙어 있곤 하였다. 우비나 장화 같은 게 있을 리 없었다. 마당을 향해 앉으신 아버지의 등에서는 김이 모락모락 났다. 아버지 때문에 방안이 더 눅눅해졌다.

손창섭의 〈비오는 날〉은 총성 한 번 울리지 않고 '장마철의 전쟁'이 지닌 비극성을 드러낸다. 피난지에서 만난 고향 친구를 따라 그가 사는 낡은 집에 간 날도 비가 온다. 천장에서 새는 빗물을 양동이에 받고 있다. 친구는 저녁 준비를 하러 나가고, 친구의 여동생과 어색하게 외면하고 앉아 있다. 얼굴에 냉기가 도는 이 여자는 어린 시절에 '오빠 오빠'하며 따랐었다. 빗물은 양동이를 가득 채웠고, 그걸 비우겠다고 들어 올리다가 손잡이의 고리가 빠지면서 빗물이 방바닥을 뒤덮는다. 여태 꼼짝도 안 하던 여자가 벌떡 일어서는데, 그녀는 소아마비의 후유증으로 한쪽 다리가 어린애 팔뚝처럼 가늘다. 치부를 드러낸 그녀의 눈에 파르스름한 독기가 서린다.

전쟁이 없었다면, 피난민의 궁핍한 형편이 아니었다면, 그 빗물이 천장에서 새는 것이 아니었다면, 양동이에 떨어지는 빗물 소리는 제법 낭만적인 음악이었을 것이며 남녀는 어린 시절의 추억을 매개로 좋은 사이가 될 수도 있었을 것이다.

비오는 날 차 안에 앉아 차창에 빗방울이 부딪치는 소리를 듣다보면 인공의 음악은 끄게 된다. 그 빗방울들이 차창에서 뭉쳤다가 흩어지기를 반복하며 빗소리와 조화된다. 잘 지은 집처럼, 차가 비를 막아낸다는 것이 좋다.

비가 새지 않는 좋은 우의(雨衣)를 사고 싶다. 비가 알맞게 오는 날, 그 우의를 입고 한적한 길을 걷고 싶다. 빗방울들이 우의를 때리는 소리를 듣고 싶다. 비를 맞고 싶지는 않다. 비를 막아주는 무엇인가가 있다는 것, 빗물을 차단하고 그 소리를 들을 수 있다는 것, 그것이 좋다.

넌 내게 불안감을 줬어

●●● 어머니가 계시는 시골집 문설주 바로 옆에 무슨 틈이 있었던지 벌이 집을 들였다. 드나드는 벌들이 점점 늘어나더니 어느 틈에 들어왔는지 실내에서 날아다니기도 한다. 생김새는 말벌과 비슷한데 몸집이 작고 공격성은 없어 다행이기는 하나 촉이 있으니 언제든 쏠 수 있지 않은가? 출입할 때마다 불안하기 짝이 없다.

독하게 마음먹고 실리콘으로 구멍을 막아 버렸더니 안에 있던 놈들은 나오지 못하고 밖에 있던 놈들은 들어가지 못해서 난리가 났다. 이튿날에는 멀리 일 나갔던 놈들이 돌아왔는지 바깥쪽에 붙은 개체 수가 더 늘었다. 한 번 더 이를 악물고 전기 모기채로 기절을 시킨 다음 전부 밟아서 죽였다. 성체들이 그렇게 죽었으니 안에 갇힌 새끼들, 알들도 말라 죽을 것이다. 마음이 편치 않다. 나는 무슨 자격으로 벌들을 학살했는가? 어떤 식으로든 명분을 만들어야 한다.

영화《달콤한 인생》에서 조폭 두목 강 사장(김영철)은 선우(이병헌)에게 젊은 애인 희수(신민아)를 감시하라고 하는데, 희수에게 사적

감정이 발동한 선우는 그 역할을 제대로 수행하지 못한다. 강 사장은 다른 조직을 동원하여 선우를 묻어버린다. 그러나 선우는 천신만고 끝에 탈출하여 강 사장에게 총을 겨눈다.

"나한테 왜 그랬어요?"
"너는 내게 모욕감을 줬어."

나는 벌들을 몰살시킨 죄책감을 지우기 위해 이 유명한 대사를 패러디해 본다.

"너희는 내게 불안감을 줬어."

그래도

••• 20세기 최고의 시 다섯 편을 꼽는다면 그중에 정현종의 〈섬〉이 포함되어야 한다.

사람들 사이에 섬이 있다
그 섬에 가고 싶다

사람들 사이에 무슨 섬이 있다는 것일까? 그 섬 이름이 무엇일까? 누구나 제 나름의 의미를 부여할 수 있도록 이 시는 열려 있다.

세상에서 가장 낮은 곳에 있는 섬 이름이 '그래도'라고 한다. 오늘 운전하면서 라디오 방송으로 들은 이야기다. '그 섬'의 이름이 혹시 '그래도'는 아닐까?

오늘 안 좋은 일이 연거푸 일어나서 기분이 소금에 절인 배추같이 되었지만, '그래도' 힘내야겠지.

청소지도(清掃之道)

●●● 나는 청소 마인드가 유별난 사람이다. 내가 담임하는 교실은 청결하기가 거의 가정집 거실 수준이어서 아이들이 벌렁 드러누워 노닥거릴 정도였다. 옆 반 담임들이 비교된다며 눈을 흘기기도 하고, 내가 아이들을 닦달하는 것으로 오해하기도 하였다.

우리 교실은 개학 날 대청소를 하지 않는다. 개학 전에 내가 미리 청소를 해놓기 때문이다. 그렇게 깨끗이 청소한 교실에는 아이들도 쓰레기를 잘 버리지 않는다. '깨진 유리창의 법칙'이 실현되는 것이다. 교실 청소는 길어야 10분 이내에 끝나고, 상태가 좋으면 그것도 생략된다. 물론 담임이 때때로 우렁각시가 되어야 한다.

휴일에 당직을 서면서 혼자 교무실 대청소를 하기도 하였다. 이웃 교실이 너무 더러워서 청소를 대신 해 준 일도 더러 있었다. 담임선생님의 심기를 건드릴까 봐 토요일에 몰래 하였다. 월요일에 그 반 수업을 하러 들어가니 몇몇 학생들이 비죽비죽 웃는다.

"선생님이 우리 교실 청소하셨죠?"

"담임선생님이 뭐라 하시더냐?"

"모르시는 것 같던데요."

 그러면 나는 왜 그토록 청소에 집착하는가? 농부에게 인내심이 필요하다지만 아주 지루한 기다림은 아니다. 씨를 뿌리고 며칠만 기다리면 싹이 나오고 몇 달이 지나면 결실을 볼 수도 있다. 그러나 교육의 결실을 보기는 연어의 모천(母川) 회귀를 기다리는 것보다 더 막막한 일이다. 교육을 백년지대계(百年之大計)라 하는데, 그러면 스승도 제자도 다 늙어 죽은 후에 교육의 열매가 나타난다는 것인가?

 청소는 그 효과가 즉각적으로 드러나는 것이니 얼마나 보람차고 뿌듯한 일인가? 그래서 나는 기꺼이 청소를 하면서 교육의 막막함을 달래곤 하였다. 이는 나 혼자만의 즐거움이니 누구한테 그런 내심을 구구절절 설명한 적도 없다.

친구

●●● 친구라는 게 뭘까? 유감스럽게도 나는 친구의 필요성을 느끼지 못하고 살아왔다. 여럿 가운데 있으면 내 포지션을 잡기가 어렵고, 혼자 있어야 비로소 정서가 안정된다. 나는 정신적 오토트로프(독립영양체)인지도 모른다. 그렇다고 해서 딱히 원수진 사람은 없고 사람 만나기를 기피하는 것도 아니다. 다만 친구니 우정이니 하는 말들이 가소롭게 여겨졌을 뿐이다.

그랬던 내가 근래에 마음이 좀 달라졌다. 코로나의 창궐로 비대면의 일상이 지속되던 때 시골집에서 어머니를 모시고 혼자 지내는데, 살아오면서 스쳐 지나간 사람들 중에 '보고싶은' 사람들이 떠오르는 것이었다. 내 속에도 어느 후미진 곳에 '외로움'이라는 것이 숨어 있었을까? 그들에게 여러 채널을 통해 연락을 시도해서 어떤 사람들은 곧 만나기도 하고 더러는 만남을 기약하기도 하였다. 수십 년 만에 만난 중·고등학교 동창 나영주, 문창훈, 황길주 군과는 가끔 모여 함께 밥을 먹기로 하였다.

절실함이 없이 데면데면 만나던 사람들도 요즘은 손을 맞잡으면 힘이 들어간다. 늘어가는 주름살을 보며 연민을 느낀다. 나는 혼자서 잘 노는 사람이었는데, 인생의 내리막길에서 다시 둘러보니 묘하게 비슷한 사람들이 동류(同流)를 이루고 있다. 그들을 친구라고 불러도 좋은 것일까?

친구가 되려면 허물이 없어야 한다. 나이 차가 많은 경우에 친구가 되기 어려운 것은 나이 때문이 아니라 격의(隔意)가 생기기 때문이다. 경제력의 격차가 있는 경우에 가진 사람이 돈으로 위세를 부리거나 못 가진 사람이 위축되고 비굴해진다면 친구라 할 수 없다. 종교는 달라도 큰 문제가 없는데 정치적 성향이 강한 사람들이 서로 다른 진영에 속하면 친구가 되기 어렵다.

염상섭의 《삼대》에 나오는 덕기와 병화는 친구 사이다. 덕기는 부잣집 아들이고 병화는 무일푼이지만 둘은 허물이 없으니 친구다. 덕기는 부유하지만 거만하지 않고 병화는 가난하지만 비굴하지 않다. 사상적으로 병화는 좌파(左派)지만 덕기는 성향이 뚜렷하지 않으니 우정에 장애가 되지는 않는다.

친구가 되려면 발화(發話)의 격(格)이 동등하지는 않더라도 대화의 합(合)이 맞아야 한다. 가치관이나 이념이 다르더라도 합을 맞출 수 있다면 문제가 안 된다. 한 사람은 주로 말하고 다른 사람은 묻거나 듣는 편이라도 친구가 될 수 있다.

남녀간에 친구가 될 수 있는지는 잘 모르겠으나, 사제간은 친구가 될 수 있다고 본다. 나는 오랜 교직 생활을 통하여 허물이 없이 대화가 되는 제자들을 꽤 많이 만났다. 그들의 공통점은 스승인 나를 어려워하지 않는다는 것이다. 주춤거리지 않고 예법에 구속되지도 않으니 나도 마음이 눅을 수밖에 없다.

현준이, 소옥이, 재원이, 나영이, 정은이, 주경이, 은경이, 재연이, 우형이, 병준이, 상우, 가영이…. 현준이, 정은이는 요즘도 가끔 만난다. 이카이스 마이풀 대표 이현준 군은 수십 년간 소식이 없다가 연어처럼 돌아왔는데 이제는 모든 면에서 내가 치어다보아야 할 만큼 커버렸다. 그리고 정은이는….

정은이는 20대 청년 시절 중학교 1학년 교실에서 만났다. 영리하고 성취동기가 강하고 독점욕도 많고, 놀랍게도 그 어린 나이에 내 말을 '알아듣는' 것이었다. 중학교를 졸업하고 고등학생, 대학생이 되어서도 가끔 찾아와서 대화가 이어졌다. 결혼할 사람을 데리고 와서 보여주더니 아이 둘을 낳았다. 아이들을 키우면서 사업도 하느라고 바빴는지 한동안 소식이 끊겼다가 큰아이를 의대 기숙사에 넣고 작은아이는 유학을 보내고 나서 다시 나타났다.

정은이와 얘기를 나누다 보면 내가 스승이라는 것도 어른이라는 것도 잊어버린다. 그래도 내가 스승이니 마땅히 조언(助言)을 아끼지 말아야 하겠지만 대화가 교훈이나 훈계로 쏠린 적이 없었다. 친구의 외연을 조금 넓히면 정은이는 친구가 맞다.

커피는 무엇으로 마시는가

●●● 나는 커피를 책에서 처음 만났다. 헤밍웨이의 《노인과 바다》 결미에서 큰 덴투소의 뼈를 끌고 새벽에 귀항한 노인은 아무도 없는 집에 돌아와 따뜻한 커피를 한 잔 마시고 잠이 든다. 그 커피는 가족이며 위안이며 꿈이며 생존의 힘이었다. 커피를 마셔본 적이 없었지만 나는 노인과 함께 상상으로 커피를 마셨다. 그것은 무어라 표현하기 어려운 깊고 신비로운 맛이었다.

대학 1학년 때 마침내 다방에서 처음으로 커피를 마셔봤는데 그 맛이 상상하던 것과는 전혀 달랐다. 연습이 안 돼서 그러나 싶어 꾸준히 마셨으나 여전히 입에 붙지 않았다. 늘 설탕을 듬뿍 넣어 단맛 위주로 마셨다. 그런 '다방 커피'가 습관이 된 탓인지 지금도 커피가 달지 않으면 쓴 약 마시듯이 마신다. 드립 커피를 지극정성으로 내리는 사람들, 맛있는 커피를 찾아 먼 거리를 이동하는 사람들을 보면 경이감이 생긴다.

커피 맛을 잘 모르면서도 이상하게 늘 마음에 커피가 있다. 특히 식사 시간이 가까워지면 밥 생각보다는 커피 생각이 먼저 난다. 그래서 식후에 커피를 마시기 위해 밥을 먹는다. 밥을 먹고나서 마침내 커피를 마시는데, 기대만큼 맛이 없다. 잔 바닥에 커피를 조금 남김으로써 맛에 대한 불만을 표현한다. 다음 밥때가 가까워지면 또 커피 생각을 한다. 그런 루틴이 반복된다.

언젠가 아포가토라는 메뉴를 발견했는데 딱 내 타입이었다. 아이스크림 큰 통을 사서 냉동실에 넣어두고 어설픈 아포가토를 날마다 만들어 먹었다. 그런데 정기 건강검진에서 고지혈증 판정이 나오자 아내는 아포가토를 주범으로 지목하고 먹지 못하게 했다. 나는 아내 몰래 직장에서만 가끔 만들어 먹다가 그나마도 찜찜해서 끊었다.

커피는 언제 어디서 마시느냐가 중요하다. 여름날 식후에 마시는 냉커피나 겨울 등산길에서 마시는 따뜻한 커피는 늘 맛있다. 누구와 함께 마시느냐도 확실히 커피 맛의 중요한 변수다. 좋은 사람들과 함께 우호적 분위기에서 마시는 커피는 종류에 상관없이 배나 맛있다. 아! 그리고 누가 타 준 것이냐가 또 중요하다.

결혼 전에 S 상업고등학교에 근무했었다. 갑자기 비가 쏟아지던 오후에 머리를 함초롬히 적신 예쁘장한 처자가 복도 끝에서 걸어오고 있었다. 그녀는 쑥스러운 듯 젖은 퍼머넌트 머리를 손으로 가리고 스쳐 지나갔다. 나는 여남은 걸음을 걷다가 그녀의 뒷모습을 한번 보려고 고개를 돌렸다. 그런데 그 순간 그녀도 몸을 틀어 나를 보는 것이 아닌가!

그녀는 그 학교 야간부에 발령받은 처녀 선생님이었고, 이듬해 주간부로 옮기면서 같은 교무실에서 근무하게 되었다. 그 시절 둘 다 미혼이었고 아마도 약혼 전후(前後)였을 것이다. 어느 토요일 오후, 모두 퇴근했는데 어인 일인지 S 선생님과 나만 넓은 교무실에 덩그러니 남아 있었다. 자리는 좀 떨어져 있고 서로 등진 위치였지만 꽤 신경이 쓰였다. 그런데 자박자박 걸어오는 발소리가 들리더니 굴곡이 많은 부산 억양으로, "커피 한 잔 타 드릴까예?" 하는 것이었다. 어쨌거나 나는 그날 S 선생님이 투박한 머그잔에 타 주었던 그 커피보다 더 맛있는 커피를 이제껏 마셔본 적이 없다.

커피를 몹시 좋아하는 친구 B가 말하기를, 커피는 두꺼운 흰 잔으로 마셔야 가장 맛있다고 한다. 잔의 두께는 보온(保溫) 효과와 관련되는 것이니 물리적인 영역인데, 잔의 빛깔은 분명히 정신적인 영역이다. 어떤 음식이든 심리적·정신적 요소가 맛에 제법 영향을 미치겠지만 커피만큼 유별나게 그 비중이 큰 것은 없을 것이다.

커피는 무엇으로 마시는가? 마음으로 마신다. 이미지로 마시고 상상으로 마시고 꿈으로 마시며 추억으로 마신다. 커피뿐이겠는가? 술도 여행도 그러하며 사랑이 또한 그렇지 아니한가?

낚시도

●●● 낚시꾼 주 선생과 정 선생은 캐릭터에 공통점이 별로 없는데, 오직 낚시를 매개로 친구가 되었다. 만날 때마다 낚시 정보를 교환하고 동영상을 보면서 공부도 한다. 때때로 인터넷 시장에서 구매한 값비싼 낚시 도구를 직장에서 수령하는데, 집으로 배달시키지 못하는 이유는 충분히 짐작할 수 있다.

그 둘이 하남 고골 낚시터에 밤낚시를 간다 하기에 따라가 봤다. 밤이 이슥하도록 서너 시간을 기다렸는데 한 마리도 못 잡았다. 떠들면 안 된다고 해서 말도 못 붙였다. 고기를 못 잡는 거야 강태공의 고사를 떠올리면 이해가 될 수도 있겠으나 정작 궁금한 건 무엇을 생각하며 그 긴 시간을 견디느냐 하는 것이다. 마침내 낚싯대를 거두었을 때, 내가 물었다.

"그렇게 오래도록 초릿대만 바라보며 대체 무슨 생각을 합니까?"

"…아무 생각도 안 해요."

그런 것이었다. 정 선생의 대답을 듣고 그날 나는 비로소 낚시꾼들을 조금 이해할 수 있게 되었다.

눈은 마음의 등불

●●● 아내가 진료실에 들어가 있는 동안 나는 원무과에 앉은 간호사들 중 한 사람의 눈에서 눈을 뗄 수가 없었다. 마스크 위로 드러난 눈이 참 예뻤다. 눈이 큰 편인데 웃을 때는 가늘어졌다가 다시 커지곤 하였다. 흑심도 사심도 없이, 그 눈에 잠시 매료되었다.

마스크를 벗으면 어떤 얼굴일까? 혹시 '마기꾼'은 아닐까? 마기꾼은 코로나 시국에 생겨난 말로 '마스크 쓴 사기꾼'을 줄인 것이다. 눈이 예뻐서 미인인 줄 알았는데 마스크를 벗으니 아니더라는 말이다. 그런데 실제로 마기꾼은 그리 많지 않다. 눈이 예쁜 사람은 대부분 미인이다. 눈이 예쁘면서 미인이 아닌 사람이 있을 수는 있지만 미인이 눈만 안 예쁜 경우는 전혀 없다고 봐도 무방할 것이다.

어떤 눈이 예쁜 눈일까? 큰 눈, 쌍꺼풀이 있는 눈이 예쁘다는 것도 통념에 불과하다. 눈이 크든 작든 쌍꺼풀이 있든 없든 얼굴의 전체적인 조화가 중요하고, 관상보다 심상(心相)이 더욱 중요하다. 심상이 눈을 통해서 드러나는 것이니 관상학에서 '얼굴이 천 냥이면 눈이 구백 냥'이라 하는 데에 그만한 이유가 있는 것이다.

사람을 대함에 있어 첫인상은 중요하다. 그러나 첫인상은 아무리 길게 잡아도 1년 이상 유지되지 않는다. 사람의 내면과 품격을 오래 숨길 수는 없기 때문이다. 첫인상이 별로 안 좋았는데 차차 좋게 보이는 사람도 있고 그 반대인 사람도 있다. 첫인상이 흐릿해지면서 외모에 대한 객관적 평가가 주관적 평가로 전환되어 간다. 눈을 통하여 내면이 들여다보이기 때문이다. 눈을 가린 사람은 잘 못 알아보는데 마스크를 쓴 사람은 금세 알아보는 이유가 그것이다.

성경(누가복음 11:34)에 '눈은 마음의 등불'이라 하였고 발타자르 그라시안은 '눈은 마음의 창'이라 하였다. 나이 마흔이면 자기 얼굴에 책임을 져야 한다는 말도 눈과 관련된다. 부모가 주신 객관적인 외모의 덕을 보거나 그것을 원망할 수 있는 것은 길게 잡아서 나이 마흔 살까지이고, 그 후에는 스스로 갈고닦은 지성과 인품이 눈을 통하여 드러난다는 말이다.

빵

••• 조카가 부산에서 결혼을 한다기에 축하하러 가는 길에, 영도구 청학동 언덕배기에 산다는 옛 친구 선정현 군을 찾아갔다. 갈 때 빵을 한 아름 사 들고 갔다. 정현이는 초등학교 동창으로 6학년 때 반장이었다. 그런데 나는 왜 빵을 갖고 갔던가? 그 이유를 정현이한테 들려주었다.

어린 시절 시골 초등학교는 겨울이면 내한훈련(耐寒訓練)이라는 이름으로 토끼몰이를 나가곤 했다. 겨울 방학 직전에 그랬을 것이다. 몽둥이를 하나씩 둘러멘 아이들이 두 패로 나뉘어서 몰이꾼은 산 아래쪽으로, 타격조는 능선을 따라 올라간다. 아래쪽에서 몰이꾼들이 우우 소리를 지르면서 올라오면 토끼들이 산 위쪽으로 도망쳐 온다. 그러면 기다리던 타격 부대가 몽둥이로 토끼를 때려서 잡는 것이다. 물론 토끼도 날쌔기가 만만치 않아서 아이들한테 쉽사리 잡히지는 않았다. 어느 순간 토끼 한 마리가 바로 내 옆을 스쳐 능선 너머로 사라지기도 하였다.

산 하나를 훑으면 또 다음 산으로 이동하고, 그러다 보니 늦은 오후에야 토끼몰이를 끝내고 학교로 돌아왔다. 누가 잡았는지 죽은 토끼 몇 마리가 소사 아저씨의 손에 들려 있었다. 토끼탕을 끓여 선생님들은 밤늦도록 술을 마실 것이다.

점심도 못 먹은 아이들은 배에서 나는 쪼르륵 소리를 들으며 늦은 종례를 받았다. 그런데 그때 급식 빵이 나왔다. 원래 급식은 무료였는데 그 해부터 유료가 되는 바람에 신청한 아이들이 많지 않았다. 나는 물론 신청하지 못했다. 빵을 받은 아이들이 허겁지겁 그것을 먹는 동안 다른 아이들은 침을 삼키면서 바라볼 수밖에 없었다. 그런데 정현이가 제 몫의 빵을 뚝 자르더니 절반을 나한테 주는 것이었다. 나는 그날 정현이가 나누어 준 빵을 조금씩 뜯어 먹으면서 집으로 갔다. 우리집은 학교에서 한 시간도 더 걸리는 먼 곳에 있었다.

지금도 눈을 감으면 그때 그 빵의 맛을 당장 떠올릴 수 있다. 이스트 냄새와 탄내가 밴 싸구려 빵이었지만 세상에서 가장 맛있는 빵이기도 하였다. 그러니 내가 어떻게 정현이를 잊겠는가. 그런데 정현이는 그때의 일을 전혀 기억하지 못했다. 다만, "내가 그때 종기를 좋아하긴 했지."하며 웃었다. 게다가 빵을 별로 좋아하지 않는다고 해서 또 한 번 웃었다.

선물

●●● 선물하기가 쉽지 않다. 너무 작으면 주고 욕먹는 수가 있고 너무 크면 부담감을 얹어 준다. 상대방의 입장과 필요를 고려해야 하는데, 내게 소중한 것이 상대에게는 하찮은 것일 수도 있고 그 반대일 수도 있다. 선물이 뇌물로 오해되는 경우도 난감하고 반대로 뇌물을 줬는데 선물로 받아도 황당할 것이다.

책 선물은 더 어렵다. 애써 책을 골라 선물했는데 상대방이 이미 읽은 책이라면 결례가 아닐 수 없다. 그래서 웃어른에게 책을 선물하면 안 된다는 말이 있는 것이다. 비싸면서 쓸모없는 물건은 대개 남한테 주게 되는데 그 사람한테도 쓸모가 없으면 이것이 돌고 돌아 다시 나한테 오는 수도 있다.

광나루의 K 고등학교에서 근무하던 어느 날, 교문으로 잠깐 나오라는 학부모님의 전화를 받았다. 그분이 꺼낸 것은 훈민정음 자모음 글자를 디자인한 자주색 넥타이였다.

"오늘 국어 선생님께 드리면 좋을 것 같아서 샀어요."

그날이 한글날이었다.

소옥이

●●● 내가 2년제 교육대학교를 졸업하고 만 스무 살의 어설픈 나이에 교단에 섰던 첫해에 초등학교 4학년을 맡았었다. 교직 햇병아리에게 개구쟁이 아이들 50여 명은 버거운 상대였다.

그래도 몇몇 웃음과 힘을 주는 아이들이 있어 다시 일어서곤 하였는데, 그중에 총명하고 글도 잘 쓰는 소옥이라는 아이가 있었다. 나는 조숙한 이 아이와 친구처럼 지냈다. 소옥이는 방과 후에도 얼른 하교하지 않았고 어떤 날은 집에 갔다가 다시 학교로 돌아오기도 하였다.

몇 년 후 중학교로 전직했는데, 문득 생각이 나서 손을 꼽아 보니 어느덧 소옥이가 고등학교 3학년이 되어 있을 터였다. 입시 공부에 시달릴 때인데 격려의 말이라도 좀 해 주고 싶었다. 연락처가 없어져서 여러 단계를 거쳐 어렵사리 전화번호를 찾았다. 마침내 통화가 됐다. 그런데 소옥이의 반응이 너무나도 뜻밖이었다. 마지못해 전화를 받는 기색과 건성으로 대답하는 눈치가 역력한 것이었다. 나는 당혹감으로 몇 마디 얼버무리다가 전화를 끊었다. 망연히 넋을 놓고 주저앉아서, 성장하는 아이들은 뒤를 돌아볼 틈이 없다는 사실을 비로소 깨달았다. 떠나보낸 제자들에 대한 미련이나 집착— 그런 것이 조금이라도 있었다면— 을 그날 완전히 버릴 수 있게 되었다. 그리고 10년도 더 지난 어느 날, 어떤 여인이 전화를 해서는 '누군지 알겠느냐'고 묻는다. 짐작도 할 수 없었다.

"저 소옥이예요. 제가 언제든 한 번은 전화할 줄 아셨죠?"

우리는 강남역 인근에서 만났다. 소옥이가 다니는 회사가 근처에 있었다. 벌써 서른이 가까운, 작년에 딸을 낳았다는 소옥이는 전에 내가 음악을 좋아했던 걸 기억하고는 앙드레 가뇽 CD 두 장을 사 들고 왔다.

소옥이는 나를 찾기 위해 서울시 전화번호부를 뒤져서 오륙십 명이나 되는 동명이인들에게 일일이 전화를 걸었고, 그래도 못 찾아서 결국 교육청에 도움을 요청했다고 한다. 우리는 점심을 먹고 커피를 마시면서 꽤 오랜 시간 추억을 더듬었지만 20년 세월을 다 풀어놓을 틈은 없었다.

지금은 다시 연락이 끊겼다. 한번은 내가 소옥이를 찾았고 한번은 소옥이가 나를 찾았는데, 한번 더 만날 수 있을까? 이번에는 누가 찾아나서야 할까?

시클라멘

••• 내 책상 위에는 시클라멘 화분이 두 개 있다. 그중 하나는 특별히 관리하지 않는데도 1년 내내 빛깔이 생생한 꽃이 피어 있다. 그러나 다른 하나는 얼마나 까탈을 부리는지 물을 너무 많이 주어도 안 되고 너무 적게 주어도 안 되고, 꽃이 피었나 싶더니 금세 지고, 햇볕을 좀 덜 받으면 줄기가 노래진다.

왜일까? 하나는 조화(造花)이고, 하나는 생화(生花)이기 때문이다.

살아 있다는 것은 흔들리는 것이며 변하는 것이며 까탈을 부리는 것이다. 아이들 중에 속썩이는 놈이 있으면 나는 이를 악물고 이렇게 중얼거린다.

"그래, 너도 살아 있구나!"

연상(聯想)

●●● 이른 아침에 마당귀에서 꿩인 듯싶은 큰 새 한 마리가 산자락을 향하여 푸드덕 날아간다. 이런 때는 문득 이상(李箱)의 '산촌여정(山村餘情)'이라는 수필이 생각나고, 그 수필 어딘가에 있는 '하도롱 빛'이라는 어휘가 떠오른다.

내가 20대 청년이었을 때 중학교에 몇 년 근무했는데, 어떤 조숙한 학생으로부터 익명으로 여덟 번 편지를 받은 일이 있었다. 중학생의 수준을 훨씬 뛰어넘는 글의 어딘가에 '오늘 읽은 글에서 하도롱빛이라는 예쁜 단어를 발견했어요.'라는 문장이 있었는데 나는 나중에야 그 단어가 이상의 '산촌여정'에 있음을 알았다.

마지막 편지였던가, '건방진 말인지 모르지만 나중에 제가 편지 검사하러 갈지도 몰라요.'라고 했었는데 그 학생은 끝내 찾아오지 않았다. 지금은 쉰 고개를 넘었을 그 '아이'는 어디서 무엇이 되어 살고 있을까?

와온 솔섬

••• 이름은 의미의 대문이요, 이미지의 지붕이다. 시를 쓴다는 것
도 말하자면 만물과 만사(萬事)에 이름을 붙이는 일이 아닌가. 대상
에 새 이름을 붙이거나 본원적 이름을 찾아 주는 것이 시작(詩作)이
다. 내가 그의 이름을 불러 주어야 그는 나에게로 와서 꽃이 된다.

 고등학교 음악책에 이은상 작사, 박태준 작곡의 '동무 생각'이라는
노래가 있었는데, '청라 언덕 위에 백합 필 적에'를 부를 때마다 '청
라'라는 말이 자아내는 청아(淸雅)하고 신비로운 이미지에 빠져들곤
하였다. 그것이 봄풀이 돋아나는 언덕의 풍경을 푸른 비단[靑羅]에
비긴 것이라고 생각했었는데, 나중에 알고보니 청라(靑蘿)는 대구
동산에 있는 실제 지명이고 선교사 주택들이 '푸른 담쟁이덩굴'로
덮여 있어 붙여진 이름이라고 한다. 가 본 적은 없으나 고적(故迹)한
풍취가 있는 곳이라 하니 가 봐도 실망하지는 않을 것 같다.

 어린 시절에 나는 전라남도 승주군 상사면 용계리 구계 부락에서
도 한참 더 올라가야 나오는 불당골의 외딴집에서 살았다. 거기서

보면 멀리 남해의 한 귀퉁이가 괴불집 마당(박완서의 '그 많은 싱아는 누가 다 먹었을까' 참조)만 하게 보였고, 그 바다에 기묘하게 생긴 작은 섬이 하나 있었다. 저녁놀이 하늘을 물들이는 시간, 그 바다와 섬은 나에게 동경(憧憬)의 대상이었다. 언젠가는 저곳에 가 보리라, 그런 꿈을 품고 어린 시절을 보냈다.

초등학교 5학년 무렵 우리 가족은 산을 떠나 도시 외곽으로 이사했다. 중학교에 입학하던 해였던가, 순천만 근처에 사는 친구를 따라 와온 해변에 놀러갔는데 만화의 한 장면처럼 '그 섬'이 '창'하고 나타났다.

"아! 저 섬…. 이름이 뭐지?"
"저거? 똥섬."
"……"

단지 이름 때문에 꿈의 한 페이지가 북 뜯겨 나가는 경험을 아마 그때 처음 하였을 것이다. 왜 그런 이름이 왜 붙었을까? 섬의 모양이 똥덩어리를 닮은 것인지, 마을 아이들이 갯가에서 놀다가 섬에 올라가 일쑤로 똥을 싸면서 붙인 이름인지….

객지에서 수십 년간 살면서 똥섬을 잊어버렸는데, 인터넷 서핑을 하다가 와온 해변이 사진 작가들의 유명한 '포인트'라는 것과, 거기서 가장 유명한 피사체가 석양의 '솔섬'이라는 것을 알게 되었다. 똥

섬은 아이들이 붙인 이름이고 솔섬이라는 진짜 이름이 있었던 것이다. 솔섬 외에도 생김새에 따라 사기섬, 학(鶴)섬, 상(床)섬으로도 불린다고 한다.

그런데 이번에는 새삼스레 와온(臥溫)이라는 이름에 매료되었다. 이름을 한자로 새기기 전에 입에 감기는 어감 자체가 얼마나 느긋하고 따뜻하고 철학적인가?

원래 고유어 지명은 눈데미(누운데미)였다고 하니 '누운'을 '와(臥)'로 한역(漢譯)한 것은 이해가 되지만, '데미'를 왜 '온(溫)'으로 받았는지 이유를 모르겠다. 원래 지명에 '데미'를 붙인 사연도 궁금하다. 햇살이 따사롭기가 델 정도였던가? 뜨거운 온천이 솟아났던가? 아니면 뒷산이 불에 덴 소가 누운 형상이라는 것인가? 와온 토박이들 중에 이름의 내력을 아는 사람이 있을지 모르겠다. 언젠가는 꼭 알아 봐야겠다.

그 많은 문선공들은 어디로 갔을까

●●● 대학 시절에 학보사 기자로서 조선일보사 외간부에 가서 학보를 인쇄하곤 하였다. 그때는 아직 워드프로세서가 나오기 전이라서 문선공들이 활자를 하나하나 뽑아서 조판을 하는 시대였다. 수십 명의 문선공들이 재빠른 솜씨로 활자를 뽑아서 식자(植字)할 때 나는 미세한 소리는 바닷가에서 자갈이 파도에 쓸리는 소리 같기도 하고 얌전히 내리는 빗소리 같기도 하고 어미 품에서 비비거리는 병아리 소리 같기도 하였다.

조판에서 인쇄까지 꼬박 하루가 걸린다. 교정지가 학생 기자와 문선공들 사이를 수없이 왕래한 후 마침내 OK를 놓으면 지형을 떠서 활판을 만들고 그것을 윤전기에 걸어서 인쇄를 시작한다.

저녁때 지하다방에서 덜 마른 잉크 냄새가 물씬 풍기는 학보를 두근거리는 마음으로 훑어 읽는 것으로 우리의 일과는 끝났지만, 날마다 활자를 골라내는 단순하고 지루한 일상을 문선공들은 어떻게 견뎌냈을까?

지금 생각해 보면 그분들은 참 유머 감각이 뛰어난 분들이었다.

학생 기자들을 옆에 세워놓고 끊임없이 우스갯소리를 하면서 어떻게 활자를 실수 없이 뽑아내는지 경이로울 지경이었다. 그리고, 커피 타임이 있었다. 문선실의 전등이 일제히 꺼지고 그야말로 눈 깜짝할 사이에 문선공들이 썰물처럼 빠져나가면 그때가 커피타임이다. 커피를 좋아하든 그렇지 않든 그 시간을 아껴서 작업을 하는 이는 한 명도 없었다.

나는 그분들에게서 단조로운 나날을 살아내는 지혜를 보았으니 낙천성과 휴식이 그것이다. 낙천성은 삶의 무게를 줄이는 지혜이며 휴식은 '끊음'의 요령이다. 아무리 긴 것이라도 끊으면 짧아진다. 긴 하루를 휴식 시간 단위로 끊어서 새로, 또 새로 시작하는 것이었다. 솔제니친의 〈이반 데니소비치의 하루〉에서 이반이 하루를 견뎌내는 지혜도 그와 같은 것이었으니, 그 '하루'는 인생 전부이기도 하고 견딜 수 있을 만큼 끊어낸 삶의 최소 단위이기도 한 것이었다.

그런데 컴퓨터가 보급된 후에, 그 많은 문선공들은 다 어디로 갔을까? 그분들은 상당한 지식 수준을 갖추었으나 대부분 나이가 지긋하였고 막노동을 할 만큼 몸이 강건해 보이지도 않았다. 그들을 받아줄 만한 대체 직업이 딱히 떠오르지 않는다.

뉴욕 센트럴파크의 오리들이 어딘선가 겨울을 지낸 후 다시 공원으로 나오려고 꽥꽥거릴 것 같은 이 해토머리에, 나는 문득 문선공들의 하회가 궁금해진다.

전등갓

●●● 이사한 집을 며칠간 쓸고 닦았는데도 더러운 곳이 자꾸 발견된다. 어제는 식탁 위의 전등갓에 시선이 갔다. 유리 위에 직물류의 덮개를 씌운 것 같았다. 아래쪽에서 보면 어렴풋한 빛깔과 무늬가 보이는데 의자 위에 올라서서 내려다보면 어두운 빛깔이다.

그래서 먼지를 닦아 보기로 하였다. 휴지로 닦아도 소용이 없어서 수세미에 세제를 묻혀 살살 문질렀다. 그랬더니 먼지와 함께 유리 위에 씌운 천이 그대로 벗겨져 나오는 것이 아닌가.

물건 하나 망쳤구나 싶어 속이 쓰렸지만 되돌릴 수도 없는 지경이어서 계속 닦았더니 홀랑 벗겨지는 그것은 직물이 아니었다. 놀랍게도 먼지가 쌓이고 쌓여서 덮개처럼 보였던 것이다. 아마도 전 주인이 오래 사는 동안 한 번도 먼지를 닦은 적이 없었던 모양이다. 다 닦아 놓고 보니 은은한 파스텔 톤의 색유리가 드러났다.

종을 자식처럼 키우면 자식 행세를 한다는 말이 있다. 먼지도 오래 쌓이면 직물 행세를 한다.

 전에 근무하던 직장에서 어떤 사람이 좀 원숙해 보여서 공손히 대했더니 거드름을 피우면서 몹시 형님 행세를 했다. 나중에 나보다 두 살 연하(年下)인 것이 드러나서 피차 무안해졌다. 더 웃기는 것은 그걸 알고도 그는 형님 행세를 좀처럼 버리지 못했다는 것이다.

죽음의 향기

••• 난을 사러 갔다가 꽃이 만개한 작은 히아신스 분을 하나 덤으로 얻었다. 어린이 주먹만 한 구근(球根)이 화분을 꽉 채우고, 거기서 꽃대가 한 뼘 정도 솟아올라서 촘촘히 핀 보랏빛 꽃송이들을 달고 있다. 사무실 책상 위에 올려놓았더니 무척 짙은 향을 발산한다. 출입하는 분들마다 흠흠거리며 꽃을 들여다보곤 하였다.

그런데 다음 날 아침에 보니 꽃대가 눈에 띄게 휘어졌는데 향은 오히려 더욱 짙어졌다. 머리가 무거워 보여서 나무젓가락으로 지지대를 만들어 주고 물을 주었더니 꽃대가 금세 힘을 얻어서 꼿꼿이 섰다. 그런데 이상하게도 향은 현저히 옅어졌다.

환경이 좋을수록 식물은 꽃을 잘 피우지 않는다고 한다. 사람으로 치면 부유한 부모 밑에서 무위도식(無爲徒食)하는 자식은 혼인이나 출산에 관심이 없는 것과 같다. 그래서 꽃집에서는 식물을 괴롭히는 방식으로 꽃을 피워 진열한다. 물을 주지 않아 삶과 죽음의 임계점에 이르면 식물은 금세 꽃을 피우는 것이다.

사실상 히아신스는 얼마 동안 물을 먹지 못해서 거의 사경을 헤매

고 있었던 모양이다. 그토록 짙은 향기를 발산하며 절박하게 나비
나 벌 같은 화분 매개 곤충(pollinator)을 부르고 있었다는 말이다. 무
서운 종족보존본능이다.

개화(開花)의 메커니즘은 그렇다 하더라도, 식물이 위기를 만났을
때 역설적으로 그렇게 강렬한 향을 뿜을 수 있다는 것은 여전히 놀
랍다. 사람은 어떨까? 죽을 때가 되면 사람도 향을 내뿜는가? 죽기
전에는 누구나 착한 마음을 품게 된다고 하는데 그것이 사람의 향
일지도 모르겠다.

물론 누구나 그런 것은 아니다. 암환자인 어떤 유명 인사가 요즘
도 반대 진영 사람들에게 저주에 가까운 독설을 퍼붓고 있으니 그
분은 오래 살 모양이다. 사람이기를, 꽃다운 사람 되기를 힘쓸 일
이다.

후회

••• 어떤 인터넷 대화방에서 어머니와 나의 나이를 합하면 150살이 되는데 어머니가 120세, 나는 30세였으면 좋겠다고 하였더니, 누군가가 '다시 젊어지면 무엇을 하고 싶으냐'고 물었다. 나는 잠시 생각하다가 '후회를 줄이는 삶을 살 것'이라고 답하였다. 그러면 나는 무엇을 후회하는가?

헤아릴 수도 없이 많지만 가볍게는 이런 것도 있다. 나는 한 번도 여자한테 거절당해 본 적이 없다. 왜냐하면 수작을 걸어본 적이 없기 때문이다. 숫기 없는 성격에다 유가적(儒家的) 가부장을 부친으로 모시고 성장한 나에게 남녀상열지사(男女相悅之事)는 가장 부끄러운 일이었다.

촌놈이 공부를 잘해서 서울로 진학했지만 사회성은 젬병이었다. 남학생들이 지나가는 여학생들에게 휘파람을 불고 여학생들이 힝힝거리며 지나갈 때면 괜히 내가 민망해서 자리를 피하곤 하였다.

대학생이 된 후 첫 방학 때였던가, 허여멀쑥하게 잘생긴 서울 친구 Y가 불쑥 우리집을 찾아왔다. 다음날 Y에게 시내 구경을 시켜주고 있었는데 문득 동과(同科) 여학생 둘과 딱 마주쳤다. 확률상 일어나기 어려운 일이었다. 그 도시에서 우리 대학에 입학한 여학생은 그 둘이 전부였다. 그중 한 학생은 인근 사립고등학교에서 전교 1등에 미모를 겸하여 소문난 사람이었다. Y는 펄쩍 뛸 듯이 반가워하더니 '꼼짝말고 기다리라'며 가게에 뭔가를 사러 들어갔다.

그때 두 여학생이 나를 쳐다보았다. 나는 그것을 덫에 걸린 사슴 두 마리의 애처로운 눈길이라고 내멋대로 해석하고는 서둘러 놓아주었다. 가게에서 나온 Y가 길길이 뛰며 아쉬워하였지만 나는 그 여학생들이 고마워하였을 것을 생각하며 마냥 흐뭇하였다.

남자와 여자의 본능적 정서가 대동소이하며 다만 그것을 표현하는 방식에 차이가 있을 뿐임을 알게 된 것은 아주 나중 일이었다. 남자는 거절당하면서 다가가고 여자는 거절하면서 다가온다는 것을 너무 늦게 깨달은 것이다. 나를 향한 주변 여성들의 시선에 존경보다 경멸이 훨씬 많았을 것이라는 데까지 생각이 미쳤다. 누워서 이불을 걷어차며 소리없이 외쳤다. 아아, 난 참 바보처럼 살았구나.

그래서? 세월을 되돌려주면 나는 거절당할 줄 아는 상남자가 될까? 그러지 못할 것이다. 나는 되돌아가도 나일 뿐이다. 후회 없는 인생이 어디 있으랴. 연애를 많이 해 봤을 것 같은 Y가 지금껏 혼자 산다는 말도 들린다.

무협지를 위한 변명

●●● 내가 무협지를 처음 만난 것은 중학교 2학년 때였다. 우리 반에 대본소(貸本所) 집 아들 라영주 군이 있었다. 나는 라 군을 졸라서 중학교 졸업할 때까지 아마 그 집 소장본을 거의 다 읽었을 것이다.

고등학교 입학 이후 수십 년간은 무협지를 잊고 지내다가 명퇴 후에 추억을 더듬어 옛날 취미를 되찾았다. 그 사이에 대본소는 인터넷 사이트로 옮겨 자리잡았고 작가군(作家群)이 완전히 교체되었으며 작품량도 어마어마하게 축적되었다. 그러나 질적인 발전이 병행된 것은 아니어서 읽을 만한 작품을 고르기가 쉽지는 않다. 시인이 무슨 무협지 타령이냐 하겠지만 좋은 무협지는 본격 소설을 능가한다.

소설이 로망스에서 노벨레로 진화한 것이 짧게 잡아도 100년을 훨씬 넘었는데 왜 '허무맹랑한' 무협 소설은 소멸되지 않을까? 그 답은 《해리포터》나 《반지의 제왕》 같은 판타지 스토리가 세계적으로 선풍을 일으키는 현상에서 찾을 수 있을 것이다. 문예사조사(文藝思潮史)로 보면 현대는 리얼리즘 시대이지만 인간의 본능적 정서는 여전히 로맨티시즘을 갈구한다는 말이다.

홍길동이나 전우치같이 전기적(傳奇的) 능력을 지닌 캐릭터는 영·

정조 시대 이후에는 사실상 빛을 잃는다. 연암(燕巖) 선생도 〈김신선전〉을 통해서 '신선은 없다'고 선언했다. 그러나 김승옥의 〈역사(力士)〉에도 초자연적인 힘을 지닌 인물이 등장하는 걸 보면 인간의 정신세계가 가위로 종이 자르듯이 구분되는 것이 아님을 알 수 있다.

허구(虛構)가 황당무계한 것이라면 무협지뿐 아니라 모든 소설이 마찬가지다. 리얼리즘의 의미를 일상성(日常性)이라고 본다면 무협지는 리얼리즘에서 벗어나지만, 그것을 시공간(時空間)의 내적 통일성이라고 본다면 '리얼리즘 무협지'라는 말도 가능하다. 좋은 소설은 삶에 대한 근원적 질문에 답해야 하며 리얼리즘을 구현해야 한다. 좋은 무협지도 마찬가지다.

"…나는 죽고 싶다는 충동에서 벗어나 아직은 단지 더 살아야 한다는 깨달음을 얻었을 뿐이다. 너는 이 질척한 세상에서 왜, 그리고 어떻게 살아야 하는지 알아내어라. 그전까지는 모든 것을 바라보며 궁리해라. 그것이 나의 마지막 당부이자 가르침이다. 너는 이 말을 지킬 수 있겠느냐?"

이것은 내가 무협지를 읽다가 스크랩해 놓은 수많은 구절들 중 하나다. 서지(書誌)를 메모해 놓지 않아서 작품명은 밝히지 못한다. 이런 대목을 읽을 때면 읽기를 멈추고 한참 생각에 잠기게 된다.

스토리 문학의 내적 통일성이라는 것은 무엇인가? 만화 드라마

《톰과 제리》에서 사람은 다리만 보인다. 거기서 고양이와 쥐가 대화를 나누어도 허무맹랑하지 않다. 그런데 만약 사람의 얼굴이 등장하여 톰이나 제리와 대화를 나눈다면 그 순간에 공간의 독립성이 깨지면서 황당하고 이상한 이야기가 된다. 〈규중칠우쟁론기(閨中七友爭論記)〉와 비교해 보자. 바느질 도구들이 한바탕 논쟁을 벌이는 것은 우화(寓話)니까 자연스럽다. 그런데 글의 말미(末尾)에 그들의 주인인 '부인'이 등장하여 칠우(七友)를 꾸짖는 장면은 몹시 어색하다. 허구적 공간의 규칙을 어긴 것이다.

무협지가 중국을 배경으로 하는 것은 한국의 독자에게는 고마운 일이다. 미지의 시공간이 주는 신비감을 유지하면서 상상력을 마음껏 펼칠 수 있기 때문이다. 그러면 중국의 독자들에게는 중국의 시공간이 신비감을 떨어뜨리지 않을까? 아마도 그럴 것이다. 요즘 중국의 작가들이 이른바 선협(仙俠) 소설로 눈을 돌리는 이면에는 그러한 고충이 있을 것이다.

좋은 무협지를 쓰기 위해서는 필력과 상상력도 좋아야 하거니와 중국의 문화와 역사, 도교적 세계관과 무공(武功)에 대한 깊고 넓은 공부가 필요하다. 나도 무협지를 한번 써 볼까 하다가 역량(力量) 밖의 일이라서 포기했다.

히말라야 솔트

●●● 이것은 연분홍빛 암염(巖鹽)이다. 억 년의 시간과 공간이 융화된 신비로운 이름, 히말라야 솔트. 그토록 높고 험하다는 히말라야 산맥의 어느 소금 광산에서 캐낸 것일 터이니, 그 차갑고 단단한 주름진 땅이 아주 먼 옛날에는 깊고 깊은 바닷속이었을 것이라는 생각에, 거대한 이무기처럼 꿈틀거리며 솟아오르다가 산등성이와 골짜기로 나뉘어 휘어져 만년설에 덮였을 것이라는 깨달음에, 소금병을 들여다보며 잠시 숙연해진다.

제4부

아줌마는 위대하다

논검 (論劍)

●●● 무협소설에 생사투(生死鬪), 동귀어진(同歸於盡), 논검(論劍) 같은
용어들이 나온다. 생사투는 죽기살기로 싸우는 가장 끔찍한 결투이
며, 그렇게 싸우다가 둘이 같이 죽으면 동귀어진했다고 한다. 반면
논검은 말로 승부를 가리는 싸움으로 가장 신사적인 결투다.

　묵적지수(墨翟之守)라는 고사성어를 남긴 묵적의 9전 9승이라는
것도 사실은 논검의 전설이다. 약소국 송나라의 신하 묵적은 초(楚)
나라의 공수반이 운제계(雲梯械)라는 새로운 공성기(攻城機)를 만들
어 송나라를 치려 한다는 소식을 듣고 초나라 왕을 찾아갔다.

　"사방 5000리 넓은 국토에다 온갖 짐승과 초목까지 풍성한 초나
라가 사방 500리밖에 안 되는 가난한 송나라를 치려 하는 것은 무슨
까닭입니까?"

　"과인은 단지 공수반의 운제계를 한 번 실험해보려 했을 뿐이오."

　"하오면 외신(外臣)이 여기서 그 운제계에 의한 공격을 막아 보이
겠나이다."

이리하여 묵적은 초왕 앞에서 허리띠를 풀어 성 모양으로 사려 놓고 나뭇조각으로 방패를 만들었다. 공수반은 모형 운제계로 아홉 번 공격했고 묵적는 아홉 번 다 굳게 지켜냈다. 이것을 본 초왕은 묵적에게 송나라를 치지 않겠다고 약속했다. 이것이 싸우지 않고 이기는 논검의 위대함이다. 전쟁은 예방하는 것이 가장 잘 이기는 것이다. 핵무기는 살상 무기가 아니라 전쟁을 억지하는 수단일 뿐이다.

두 종류의 개미떼가 이동할 때 동선이 겹치는 경우가 있다. 그럴 때 싸움이 붙으면 그야말로 동귀어진이다. 이를 막기 위해 양측 병정개미들이 길게 늘어서서 완충 지대를 만들어 개미들이 충돌하지 않고 무사히 지나가도록 돕는다. 개미들도 전쟁의 무서움을 안다. 미물(微物)들의 이런 모습을 보면서 인간은 배우고 느끼는 게 있어야 한다. 생사투를 하겠다고 호기를 부리는 자는 리더의 자격이 없으며 개미만도 못한 인간이다.

모죽(毛竹)

••• 나는 어려서부터 농사일을 몹시 싫어했고 그러다보니 잘 하지도 못했다. 아버지한테서 일쑤로 듣던 말이, "거치적거린다. 들어가서 공부나 해라."였다. 나는 아버지 말씀대로 공부나 해서 대학을 졸업하고 평생 교직에 종사했다.

오늘 텃밭에서 종일 일을 했다. 잡초를 뽑고 땅을 일구는 동안 땀이 거침없이 눈으로 흘러들고 팔에 경련이 일어난다. 그런데 힘은 들어도 괴롭지는 않으니 이상한 일이다.

왜 그때는 농사일이 싫었고 지금은 싫지 않은가? 나 스스로 작정하고 목표를 세웠기 때문일 것이다. 여기서 동기화(動機化)라는 학습이론을 떠올려 본다. 동기화에는 인위적 동기화와 자발적 동기화가 있다. 나의 텃밭 일은 자발적 동기화에 의한 것이어서 힘들어도 즐거웠던 것이다.

인위적 동기화에는 상과 벌이 있는데 상은 자발적 동기화로 발전할 수 있지만 벌은 그럴 가능성이 거의 없다고 한다. 성급한 교사와 부모들은 벌로써 신속하게 학습 효과를 거두려 하지만 그것은 벼의 모가지를 뽑는 조장(助長)의 비극이다. 그러면 어찌해야 하는가? 자발적 동기가 형성될 때까지 기다려 주어야 한다.

모죽(毛竹)이라는 대나무가 있다. 씨를 뿌리고 5년 동안은 순(筍)이 올라올 기미도 보이지 않는다. 그러다가 5년이 꽉 찰 무렵 죽순이 고개를 내밀고, 그때부터 하루에 80센티미터씩 무서운 속도로 자란다. 그렇게 30미터까지 자라서 비바람과 눈보라를 이겨내며 100년을 생존한다.

그러면 5년간 땅속에서는 무슨 일이 있었던 것일까? 땅을 파 보았더니 뿌리를 깊고 넓게 사방으로 뻗쳤더라고 한다. 그 뿌리가 어디까지 퍼졌는지 끝까지 확인할 수 없을 정도였다는 것이다. 사람으로 치면 자발적 동기가 생길 때까지 기초를 철저히 다진 셈이다.

그러면 또 '빨리빨리 기초를 다지라'고 성화독촉(星火督促)을 할지도 모르겠으나 그것은 보이지 않는 영역이다. 부모나 스승이 자녀나 제자를 다 안다고 할 수 없다. 그들의 속에서 무슨 일이 일어나는지, 무엇을 준비하는지 볼 수 없다.

굼벵이는 짧게 3년, 길게는 17년까지 땅속에 묻혀 있다가 마침내 매미가 된다. 나의 자녀나 제자가 굼벵이처럼 답답해 보일지라도 그것을 성급하게 땅속에서 파내면 안 된다. 스스로 움직일 때까지 믿고 기다려 주어야 한다. 나는 그러지 못했다. 이것은 아비로서, 스승으로서 나 자신을 돌아보는 뼈아픈 반성문이다.

《몽상의 시학》을 완독한 이야기

●●● 책을 만나는 것은 사람을 만나는 것과 비슷하다. 어떤 사람은 만나자마자 의기투합하여 지기(知己)가 되는가 하면 어떤 사람과는 긴 시간을 두고 조금씩 친밀해지기도 한다. 책도 그렇다.

가스똥 바슐라르의 《몽상의 시학》이 처음 번역되어 나왔을 때 내가 대학 2학년이었을 것이다. 그해 봄에, 제목부터 신비로운 이 책을 사기는 했는데 무슨 소린지 알 수가 없어서 열 페이지도 못 읽고 덮어버렸다. 그 후 이사를 수없이 다녔고 책도 참 많이 버렸는데, 이상하게도 이 책은 누렇게 빛이 바랜 채 늘 나를 따라다녔다. 언젠가는 읽지도 않은 이 책을 가지고 말장난 같은 시를 한 편 쓰기도 했었다.

스무 살 무렵에 몽상의 시학이라는 책을 만났는데
어렵기가 깊은 우물 속 같아서
페이지를 넘기기 전에 눈이 먼저 감겼다

무릇 시인이 잠을 자는 것은 꿈에 시상(詩想)을 얻기 위함이니

꿈속에 더러 시를 만나기도 하였으나
눈 뜨는 순간 님프처럼 사라지고 말아
허무함에 입맛만 다시곤 하였다

이리하여 잠도 늘고 꿈도 늘었지만
시는 가뭄에 시든 콩대 같아서
태작(怠作)의 게으른 시인이 되고 말았으니
이는 내 탓이 아니다 바슐라르 탓이다
어린 시절에 책을 잘못 고른 탓이다

— 졸시(拙詩), 변명

　그런데 이 시를 SNS에 올렸더니 제자 정재승 교수가 댓글을 달았다. 자신도 2007년 판 《몽상의 시학》을 갖고 있는데, 아직 다 못 읽었다는 것이다. 나는 갑자기 '인문계의 자존심'이 발동했다. 그래도 정 교수보다는 내가 먼저 읽어야 하지 않겠는가. 정 교수의 조언에 따라 요즘 잘 번역된 판본을 다시 사서 읽을까도 했는데, 책을 찾아 놓고 보니 놀랍게도 번역자가 전설의 김현 선생이 아닌가! 번역이 잘 된 것인지는 모르겠지만 김현 선생을 두고 다른 누구의 번역을 찾는다는 말인가?

　지난 한 달 동안 낡은 책장이 바스러질까 조심하면서 《몽상의 시학》을 부지런히 읽어 마침내 완독했다. 다시 읽어도 어렵기는 마찬가지였으나 워낙 저자의 말 자체가 몽환적 언어이니 논리적으로 완벽히 이해하기는 불가능한 것이라고 자위했다.

바슐라르는 꿈을 밤의 꿈(songe)과 낮의 꿈(songerie, 몽상)으로 나누는데, 이제보니 나의 시는 몽상이 아닌 꿈(밤의 꿈)을 찾다가 실패한 것이었다. 그때 완독했더라면 내 시도 달라졌을 것이라는 회한이 있다.

저자가 몹시 강조하는 언어의 성(性)은 우리말에 그대로 적용되는 것이 아니지만, 아니무스(남성성)는 일을, 아니마(여성성)는 휴식을 지향한다는 말이 잘 이해되었다. 내가 인간을 공맹형(孔孟形)과 노장형(老壯形)으로 나누는 것과 대응되었기 때문이다. 나는 노장 계열이고 아니마가 강한 사람이다. 책의 마지막 페이지에 번역자의 이런 말이 있었다.

… 내가 그 재미를 많이 없애버렸을 이 책은 천천히 느릿느릿 게으르게 읽어야 한다. 그래야 이 책의 진짜 맛을 완전히 맛볼 수가 있다. 이 책은 한 페이지쯤 읽다가 한두 시간 꿈꾸는 식으로 읽어야 할 책이다. 이 책에서 지식을 찾아서는 안 된다. 이 책에서는 즐거움을 찾아야 한다.

역자의 말을 먼저 읽었더라면 그 시절에 완독했을 것 같다.

문학은 무엇을 하는가

●●● 문학은 무엇을 하는가? 인간에게 문학이 왜 필요한가? 나는 시인이고 수필도 쓰지만 이런 질문에 간단히 답하기가 어렵다. 문학의 효능에 대한 작가의 입장과 독자의 입장이 다를 것이고, 인간의 보편적 관점에서 답을 구하면 또 달라질 것이다.

데이비드 실즈의 《문학은 어떻게 내 삶을 구했는가》를 읽어 보았다. 독자가 어떻게 작가가 되어 가는지에 대한 긴 편력(遍歷)이 이어졌고,

— 나는 책등이 부러질 때까지 이 책(레나타 애들러, 쾌속정)을 읽음으로써 글을 어떻게 써야 하는지 배웠다. 책 전체를 두 번 타이핑하기도 했다.

책의 말미에 마침내 문학의 필요성에 대한 해답이 나왔다.

— 나는 문학이 인간의 외로움을 달래길 바라지만 그 무엇도 인간의 외로움을 달랠 수 없다. 문학은 이 사실에 대해서 거짓말하지 않는다. 바로 그 때문에 문학은 필요하다.

의미심장(意味深長)하고 애매모호한 말이다. 작가적 고뇌를 겪지 않은 사람이 이 말을 제대로 이해하기는 어려울 것이다.

차라리 이런 일화는 어떤가? 어떤 맹인 거지가 길가에서 구걸을 하고 있다. 거지의 옆에 놓인 골판지에 누군가가 써 준 듯싶은 글귀가 있다.

― 나는 장님입니다. 제발 도와 주세요.

사람들이 슬쩍 쳐다보고 그냥 지나간다. 걸통에는 지전(紙錢)은 고사하고 동전도 떨어지지 않는다. 이때 지나가던 어떤 여자가 골판지의 글귀를 바라보며 한참 서 있더니 그것을 뒤집어서 뭔가를 쓱쓱 써 놓는다. 몇몇 행인들이 그 글귀를 읽어 보더니 동전을 떨어뜨린다. 더러는 지폐를 넣기도 한다. 거지는 새로 쓰인 글귀가 어떤 내용인지 궁금해진다. 거기에는 이렇게 적혀 있다.

― 아름다운 날입니다. 하지만 저는 볼 수가 없습니다. (It's a beautiful day, but I can't see.)

언어는 의사소통 행위다. 문학도 그렇다. 소통하되 표현을 조금 바꾸어 소통하는 것, 그래서 독자의 마음을 움직이는 것, 그것이 문학의 효능이 아닐까?

미투 유감

●●● 미투 운동(Metoo Movement)은 2006년 여성 사회운동가 타라나 버크가 불을 지폈다. 힘있는 자들의 성범죄를 더는 묵과하지 않겠다는 것이 기본 취지인 이 운동은 초기에는 주로 유명인들의 과거를 폭로하는 것으로 시작하였으나 순식간에 그 대상이 일반인에게까지 확산되었다.

가해자가 주로 남성들이고 피해자가 여성들이기 때문에 페미니즘 운동의 한 부분으로 인식되기도 하지만 실상 남성들도 피해자의 범주에서 예외가 아니다.

2010년대는 미투 운동이 들불처럼 번져가고 그 성과가 가장 왕성하게 드러난 기간이었다. 전 세계에서 많은 유명인들이 미투의 가해자로 지목되어 명예와 지위를 잃었으며 법적 처벌을 받기도 하였다. 그러나 다른 한편으로는 미투 운동의 문제점과 부작용도 드러나기 시작하였다.

타라나 버크가 확언했듯이 미투 운동은 실명과 얼굴을 드러내놓고 하는 것이 본질인데, 어느 사이에 익명성 속에 자신을 숨긴 채 가해자를 지명하는 경우가 늘어났다. 익명으로 고발해 가해자의 신상만 드러낸다면 이 고발이 허위라 해도 본인은 잃을 것이 아무것도 없다. 익명으로 하는 고발은 출처가 없는 학술적 인용처럼 그것의 진위 여부를 떠나 애초에 신뢰성이 없는 고발인 것이다.

본래 미투는 증거가 부족해도 자신의 모든 사회적 명예를 내걸고 대중에게 간절히 폭로하는 고발이기에 믿고 응원해주는 것인데, 만약 익명성을 인정한다면 결국 마녀사냥으로 변질될 수밖에 없다. 익명으로 거짓말을 한 번만 해놓고 사라져도, 가해자로 지목된 사람은 그것이 사실이든 아니든 이미 사회적 낙인이 찍혀버리고 만다. 게다가 미투 운동의 강력한 외곽 부대인 여성 페미니스트들은 피해를 호소하는 여자의 말을 무조건 신뢰하는 반면에 가해자로 지목된 남자의 말은 무조건 불신한다.

구약 성경 〈창세기〉에는 기록된 최초의 미투 사건이라 할 만한 이야기가 있는데, 그것이 거짓 미투라는 것이 아이러니다. 야곱의 아들 요셉이 이집트에 노예로 팔려가서 시위대장 보디발의 집에서 노역하는데, 주인의 처가 요셉을 유혹한다. 요셉이 거절하자 그녀는 요셉이 강간하려 했다면서 무고(誣告)한다. 요셉은 해명을 포기하고 감옥에 갇힌다.

이 사건이 의미심장한 것은, 힘 있는 여성 가해자가 힘없는 남성 피해자를 가해자로 둔갑시켜 모해위증(謀害僞證)을 했다는 점이다.

미투의 고발자는 사회적 약자라고 반박할지 모르지만, 익명 뒤에 숨은 고발자는 결코 약자가 아니다. 그는 피의자에 대하여 보디발의 처보다 더 큰 힘을 행사한다.

변질된 미투 운동은 여성에 대한 보편적 혐오의 정서를 초래할 수 있다. 당장 '유투 운동', '펜스룰' 등의 역풍이 불고 있다. 기업에서 여직원 채용을 꺼리거나 일정한 거리를 둘 수 있으며 이로 인하여 취업과 승진의 제약은 물론 업무 추진에도 차질이 생길 수 있다.

일각에서는 미투가 무고나 명예훼손으로 뒤집어지는 사례가 많아질수록 진짜 피해자들이 위축될 것을 우려한다. 용기를 내어 고백해도 의심의 눈초리로 바라보게 될 것이라는 말이다.

이렇게 부작용과 문제점이 많음에도 불구하고, 미투 운동이 소멸되어서는 안 된다. 이는 성폭력 분야뿐 아니라 사회 전반의 숨겨진 폭력과 부조리와 위선을 폭로하여 바로잡는 원동력이 되어야 한다. 그러기 위해서는 미투 운동이 자정작용을 수반하여 초심을 되찾아야 한다. 그래야만 본연의 목적을 달성할 수 있을 뿐 아니라 더 광범위한 사회 운동으로 착근(着根)할 수 있을 것이다.

사시이비 (似是而非)

●●● 사시이비(似是而非)란 '겉보기에 비슷하나 속은 다르다'는 뜻으로 줄여서 사이비(似而非)이라 한다. 이것을 이단(異端) 종교에 붙여 쓰다보니 의미가 오염·축소되어서 다른 자리에서는 쓰기 곤란한 말이 되었으나 원의(原意)는 그런 것이 아니다.

언어에도 사시이비한 어휘의 짝들이 있다. 이기주의(利己主義)와 개인주의(個人主義), 자존심(自尊心)과 자존감(自尊感), 사랑과 집착 등은 비슷해 보이지만 결코 혼동하지 말아야 할 개념들이다.

이기주의(利己主義)는 나만 잘 되자는 마음이고 개인주의(個人主義)는 나를 소중히 여기는 마음이다. 이기주의의 상대어는 이타주의(利他主義), 개인주의의 상대어는 전체주의(全體主義)다. 이기주의는 버리고 배격해야 할 태도이지만 개인주의는 자유민주주의와 자본주의의 토대가 되는 중요한 이념이다.

스콧 펙의 어떤 책에서 읽은 것이다. 미국의 어느 연구소에서, 일찍이 성공하여 사회적으로 존경받는 사람 50명을 모아놓고 '당신이 가장 소중히 여기는 것은 무엇입니까?'라는 질문지를 주었다. 그들은 답을 쓰기 전에 오래 고심하더니 마침내 적어 낸 답이 한결같이

'나 자신'이었다고 한다. 공감이 가는 말이다. 자신을 사랑하지 못하는 사람은 타인도 사랑하지 못한다. 제 몸을 불사르게 내어줄지라도 사랑이 없으면 아무 유익이 없다는 말씀(고린도전서 13:3)도 이런 맥락에서 이해할 수 있다.

자존심과 자존감은 동의어나 유의어처럼 보이지만 함의(含意)가 전혀 다르다. 자존심은 사전적으로 '남에게 굽히지 않고 스스로의 가치나 품위를 지키려는 마음'이지만 실제 활용 맥락은 부정적인 곳이 많다. 이는 외부적인 기준, 즉 타인의 존경이나 명예를 잃을지도 모른다는 걱정이나 고립에 대한 두려움 등에서 발동한다. 자존감은 '스스로 품위를 지키고 자기를 존중하는 마음'이라고 정의되며 개인의 내면적인 가치와 긍정적 자아 인식에 기반을 둔다. 자존심도 때때로 필요한 경우가 있겠지만, 자존감은 누구에게나 항상 필요하다.

사랑은 상대를 있는 그대로 존중하고 품는 마음이고 집착은 상대를 내 취향과 관심의 영역에 가두려 하는 태도이다. 집착하면서 사랑한다고 착각하는 사람들이 얼마나 많은가? '헤어지자고 해서 죽였다'는 살인자들이 가끔 뉴스에 뜬다. 집착의 끔찍한 결과다. 사랑으로 시작해서 집착으로 변질됐다가 사랑을 잃고 뒤늦게 후회하는 것이 서투른 연애의 통상적 시말(始末)이다.

삼재검법 (三才劍法)

••• 대학 1학년 때 교양 한문 교수님이 늘 되뇌시던, '천지현황(天地玄黃)을 금시독(今時讀)하니 언재호야(焉哉乎也)는 하시독(何時讀)고'라는 말이 생각난다. 어떤 바보가 천자문을 읽는데 하고한 날 '천지현황(天地玄黃)'만 반복하다가 어느 순간에 본 적도 없는 마지막 구절을 읊더라는 것이다. 기본에 충실하고 반복 학습을 하면 언젠가는 '문리(文理)가 튼다'는 교훈이었을 것이다.

삼재검법(三才劍法)은 무협 소설에서 초심자가 익히는 기초적인 무공으로서의 가로베기, 세로베기, 찌르기의 세 동작을 가리킨다. 태권도로 말하면 지르기, 막기, 발차기 같은 것이다.

실력 없는 무인이 뒤늦게 얻은 제자에게 삼재검법을 가르쳐주고는 '거기서 뭔가를 깨달으면 본격적으로 무공을 전수하겠다'고 한다. 그런데 우직스러운 제자가 삼재검법을 천 번, 만 번, 십만 번 되풀이하다가 진짜 무공의 묘리를 깨닫는다. 가르칠 능력이 없는 스승은 제자의 등을 떠밀어 무림에 출도(出道)시키는데, 그는 비무(比武)와 검투(劍鬪)를 거듭하면서 진짜 고수가 된다.

기본에 충실해야 한다는 것은 '되돌아보면서' 깨닫게 되는 경우가 많다. 예컨대 뒤늦게 영어회화 학원에 다니면서, 중학교 영어책에 있는 문장들이 얼마나 중요한 것들이었는지 깨닫는 것이다. 책을 많이 읽는 것보다 좋은 책을 여러 번 읽는 것이 낫다는 사실은 많은 책을 읽고 나서 비로소 알게 된다. 학생 시절에는 거들떠보지도 않던 국어사전을 어른이 되어 새삼스레 자주 찾아보기도 한다. 로버트 풀검의 《내가 정말 알아야 할 모든 것은 유치원 때 배웠다》라는 책은 제목만으로도 많은 사람들의 고개를 끄덕이게 했다.

일찍이 어른들의 잔소리를 새겨들었더라면, 단순하고 평범한 것들을 몸에 습관으로 익혀 두었더라면, 잔재주보다 정석(定石)을 익히는 데 힘썼더라면…. 그러나 되돌아보면서 후회하는 것이 인생인 걸 어쩌랴.

포기할 수 없는 사람

●●● 내가 광나루 K 고등학교에서 3학년 인문계 여학생반 담임을 맡았던 해에 졸업식에 두 명이 불참했다. 민선이와 성은이가 졸업장을 받아 가지 않은 것이다. 나는 괘씸한 두 녀석의 졸업장을 챙겨 놓고, 언제든 나타나면 혼내 주려고 별렀다. 몇 해가 흘렀다. 스승의 날 전날 전화가 왔다.

"누구? … 민선이? 웬일이냐? … 졸업장을 찾으러 온다고?"

민선이가 원래 예쁘긴 했지만 다시 보니 몰라보게 더 예뻐졌다. 중동지역 어느 나라 항공사의 스튜어디스가 되었다고 한다. 나는 민선이를 혼내지도 못하고 졸업장을 낭독하며 1인 졸업식을 치러주었다. 민선이는 킥킥거리며 졸업장을 받아 가지고 갔다.

성은이의 졸업장은 아직도 나한테 있다. 여전히 연락이 안 된다. 미술을 공부하던 학생인데, 내가 제대로 살펴주지 못했다. 학급에 친구가 아무도 없고 아래층 다른 학급에 친구가 딱 한 명 있었는데 그 학생에게도 성은이가 유일한 친구였다.

　그 두 아이들은 쉬는 시간이면 위아래층을 왔다 갔다 하며 얘기를 나누다가 시작종이 울리면 각기 제 교실로 나누어지곤 하였다. 2학년 말에 왜 걔들을 한 반으로 배치해 주지 않았을까? 3학년 때라도 붙여 주었어야 했다. 내 불찰이다. 성은이를 만나면 내가 혼나야겠다.

시마(詩魔)

●●● 시(詩)에 빠져서 헤어나오지 못하는 경지를 마귀에 빗대서 시마(詩魔)라 하는데, 역대 여러 문인들이 시마에 대한 일종의 메타 문학을 남겼다. 그중에 대표적인 사람이 고려 시대의 대문호 이규보(李奎報)라 할 것인데, 시마에 대한 글을 세 편 남겼다. 〈시벽〉과 〈삼마시〉는 시의 형태로 쓴 것이고 〈구시마문(驅詩魔文)〉은 산문 형식이다. 시문(詩文)으로 유정화(有情化)된 시마는 대부분 부정적으로 그려지지만 그것이 엄살인지 자랑인지는 본인만이 알 일이다.

… 네가 오고부터 모든 일이 기구하기만 하다. 흐릿하게 잊어버리고 멍청하게 바보가 되며, 주림과 목마름이 몸에 닥치는 줄도 모르고, 추위와 더위가 몸에 파고드는 줄도 깨닫지 못하며, 계집종이 게으름을 부려도 꾸중할 줄 모르고 사내종이 미련스러운 짓을 하더라도 타이를 줄 모르며, 동산에 잡초가 우거져도 깎아낼 줄 모르고, 집이 쓰러져가도 고칠 줄을 모른다. 재산이 많고 벼슬이 높은 사람을 업신여기며, 방자하고 거만하게 언성을 높여 겸손치 못하며, 면박하여 남의 비위를 맞추지 못하며, 여색에 쉬이 혹하며,

술을 만나면 행동이 더욱 거칠어지니, 이것이 다 네가 그렇게 시킨 것이다.

— 시마를 쫓는 글, 일부

〈구시마문(驅詩魔文)〉은 꿈에 시마가 나타나 '내가 너에게 글재주를 주고 과거에 급제케 해서 벼슬도 주었건만 나를 이렇게 박대해도 되는 것이냐?'고 꾸짖으니 글쓴이가 반성하고 시마를 스승으로 모셨다는 내용으로 마무리한다. 이렇게 보면 엄살이 확실하다.

시인이라면 한 번쯤 시마에 빠져보고 싶을 것이다. 나는 시마에 들린 적이 없다. 그래서 내 시에는 절창(絶唱)이 없다. 언젠가 스승 유성호 선생님께 고민을 털어놓은 적이 있었다.

"좋은 시를 쓰기에는 제 삶이 너무 안이한 것 같습니다. 고난을 자초(自招)해 볼 필요가 있지 않을까요?"

"…시가 뭐 그럴 만한 가치가 있겠습니까?"

예상 밖의 대답을 들었기에 여러 날 그 의미를 생각해 보았는데, 나의 시재(詩才)가 그다지 뛰어나지 않음을 통찰하신 것 같기도 하고, 대책없이 가출이라도 할까 봐 걱정하신 것 같기도 했다. 시가 돈도 안 되고 명예를 주지도 않는다는 걸 깨달은 지금은 그 말씀에 감사할 따름이다.

실질문맹률

●●● 《레슬러》라는 영화에서 홀아비 레슬링 코치 귀보(유해진)는 노처녀 의사 도나(황우슬혜)와 소개팅을 하는데 결혼에는 관심도 없으니 서둘러 자리를 뜬다. 그런데 뜻밖에 아들의 여자친구가 맹랑한 눈길로 바라보니 난감하다. 걔를 떼어내기 위해서 부득불 도나를 만난다. 카페의 유리창 밖에서 '걔'가 엿보고 있다. 사연을 들은 도나가 흥미진진한 눈빛으로 이렇게 말한다.

"좋아요. 재미있어요. 대미지….."

여기서 언어를 이해하는 3단계의 수준을 짚어볼 수 있다. 우선 한국어를 하는 사람은 누구나 알아들을 수 있는 말이니 그것이 1단계다. 2단계는 영어 단어 대미지(damage)라는 말의 뜻을 아는 사람의 이해 수준이다. 3단계는 제레미 아이언스와 줄리엣 비노쉬 주연의 영화 《대미지》를 보았거나 줄거리를 아는 사람의 이해 수준으로서, 여기에 이르러야 도나가 왜 '대미지'라고 했는지 알 수 있다.

1단계는 문해(文解)의 수준으로서 한글을 깨친 유치원생이 고등학교 교과서를 읽는 것이나 마찬가지다. 2단계부터 문식(文識)의 단계라 할 수 있는데 2단계와 3단계의 문식력(文識力)이 확연히 다르다.

우리나라는 세계에서 문맹률이 가장 낮은 나라이다. 세종대왕께서 훈민정음을 만들어 주시고 주시경 선생이 한글을 크게 떨쳐 주신 덕이다. 그러나 이것은 문해적 문맹률에 한정할 때 그렇다는 것이다. 글자를 읽을 수 없으면 문해적 문맹이고 읽어도 그것이 무슨 뜻인지 모르면 문식적 문맹이다. 문식적 문맹률을 통상 실질문맹률이라고 한다.

OECD에서 발표한 '국제 성인 문해 조사 결과'에 따르면 놀랍게도 한국인의 실질문맹률은 75%로 회원국 중 가장 높다. 우리나라 성인 4명 중 3명은 읽은 문장에서 새로운 정보를 정확히 이해하지 못한다는 뜻이다. 문해적 문맹률이 가장 낮은 우리나라가 문식적 문맹률은 가장 높다는 이 괴리 현상을 어떻게 이해할 것인가?

어느 먼 나라의 대통령께서 사석도 아닌 국가 정책을 논하는 자리에서 당신이 학교 다닐 때 국어 과목을 싫어했다면서 '국어는 누구나 하는데 학교에서 왜 또 공부하는지 모르겠다'는 발언을 해서 국민을 경악시킨 적이 있다. 그분은 문해력과 문식력을 구별하지 못한 것이다. 국어 과목뿐 아니라 모든 과목의 공부가 사실상 문식력을 높여 가는 과정이다.

왜 우리 백성의 문식력이 향상되기는커녕 제자리 걸음도 못하고 자꾸 후퇴하는 것일까? 책을 읽지 않고 오직 뉴미디어로 정보를 얻는 풍토에서 일단 원인을 찾을 수 있다. 디지털 기술의 발달은 걷지도 못하는 영아(嬰兒)들까지 뉴미디어의 세상으로 흡수하고 있다. 그들의 뇌는 이른바 '팝콘브레인'이 되어 점점 더 자극적인 정보를 요구한다. 인터넷 신조어에는 민감하게 반응하지만 정제된 교과서적 언어는 어렵고 따분할 뿐이다.

문식력이 낮은 사회의 장래는 암담하다. 학생들의 기초학력이 저하되면 인재 풀(pool)이 빈약해지고 민도(民度)가 후퇴하고 국가는 경쟁력을 잃는다. 그러므로 학교는 문식력 증진에 최선을 다해야 하며 국가는 인력, 예산, 연구 등으로 지원해야 한다. 그것이 피교육자들 개개인의 자아를 실현하도록 돕는 길인 동시에 국가의 미래를 준비하는 길이기도 하다.

문식력이 없는 아이들이 반성 없이 장성하면 몰상식한 어른이 된다. 그들이 사회의 여론을 형성하고 선거권을 행사한다. 그들이 장난처럼 투표하여 선출한 공직자들이 나라의 예산을 주물럭거리고 외교 노선과 국방 정책을 좌지우지한다. 무서운 일이다.

아줌마는 위대하다

●●● 인헌시장 입구에서 어떤 뜨내기 상인이 귤 박스를 잔뜩 쌓아놓고 5천 원씩에 팔고 있었다. 시식용 귤도 수북하게 부어 놓고 먹어보라고 한다.

"싣고 오는 중에 눌러서 상태가 좀 안 좋은데요, 맛은 있어요."

그때 아줌마 둘이 와서 귤을 먹어보더니 비닐봉지에 시식용 귤을 담기 시작했다.

"우린 이걸로 가져갈게요. 5천 원어치 되나 봐 줘요."

나는 아줌마들을 흘겨보면서 폼나게 귤 한 박스를 사 들고 왔다. 박스로 사지 왜 굳이 시식용을 쓸어담고 있을까? 상인도 좀 난감해하는 표정이더만. 하여튼 아줌마들이란….

그런데 집에 와서 박스를 뜯어보고서야 아줌마들이 왜 그랬는지 알았다. 귤은 절반 이상이 썩거나 깨져 있었다. 시식용보다 훨씬 상태가 안 좋은 것이었다. 아줌마들은 박스를 뜯어보지도 않고 어떻게 그걸 알았을까?

아줌마는 어법상 아주머니의 준말이지만 말의 뉘앙스는 전혀 다르다. 기혼여성이라고 다 아줌마는 아니다. 아줌마의 사회적 의미는 '전투적 생활력을 지닌 장년기의 기혼여성으로서 부양가족이 있는 사람' 정도로 규정될 것이다. 부양가족 중에 자녀는 반드시 있어야 하나 남편은 없을 수도 있다. 경제력이 필수 요건은 아니지만 아줌마들은 대체로 평균 수준 이하의 가계를 떠맡고 있다.

아줌마는 생존 전투에서 억척스럽고 이익을 챙기는 데 악착스럽다. 이 악착스러움이 아줌마의 부정적 이미지를 형성하지만 그것이 일신의 안락을 위한 것이 아니라 가족의 생계와 안위를 위한 것이므로 십분 이해해야 한다.

아줌마는 자식들에게 새 옷을 사 입히고 자신은 남의 옷을 얻어 입을 수 있는 사람이다. 반찬값 몇 푼을 깎아 모아서 남편의 장갑을 사 주는 사람이다.

누가 아줌마를 비웃을 수 있는가? 엄마도 아내도 할 수 없는 일을 아줌마는 한다. 아줌마가 되어서 한다. 아줌마들이 각기 제 가정의 가계를 지켜낼 때, 나라 경제도 굳건히 선다. 민주주의도 자본주의도 거기서 자라난다.

예술과 윤리

••• 내가 강남의 K 고등학교에 근무할 때 시재(詩才)가 출중한 학생이 하나 있었는데 그는 품행이 몹시 불량한 녀석이었다. 교과 성적은 바닥이었고 말썽꾼들을 몰고 다니면서 주동자 역할을 했다.

언젠가 지역의 여러 학교가 겨루는 백일장에 데리고 갔더니 30분도 안 돼서 시 두 편을 써가지고 와서는 "선생님, 어떤 게 나을까요?" 하는데, 두 편 다 눈이 번쩍 뜨이는 수준이었다. 심사위원들도 보는 눈이 있어서 녀석은 그날 장원(壯元)을 먹었다.

그 후에도 행실은 나아지지 않아서 여전히 생활지도부의 요주의(要注意) 인물이었다. 진학 시즌이 되어서 녀석을 문예 특기자 전형으로 대학에 보내 보시라고 담임선생님께 권하였으나 담임선생님은 떨떠름한 표정으로 대답을 안 했다. 그 후 녀석이 어떻게 되었는지 들은 바 없다.

내 의문은 '나쁜 놈이 좋은 글을 쓸 수 있느냐' 하는 것이다. 나쁜 경험이 좋은 문학의 소재가 되기는 할 것이다. 장 주네의 《도둑일기》는 거의 실제 경험을 쓴 것이라고 한다. 장정일의 험악했던 소년 시절도 작품을 통하여 알려졌다. 과거지사는 그렇게 이해할 수 있다 하더라도, 인격적으로 진짜 못된 인간이 쓴 좋은 작품은 어떻게 보아야 하는 것일까?

정철(鄭澈)은 일찍이 국문 시가(詩歌)의 꽃을 피운 문학적 천재로서 우리 문학사에서 매우 중요한 위치에 있다. 그러나 그의 음주 이력과 정치 편력은 또 다른 세계다. 음주는 사생활 영역이라 치더라도 정여립(鄭汝立) 사건 수사를 빌미로 정적(政敵) 수백 명을 제거하는 잔인한 행각을 보면 그 손으로 붓을 들어 〈사미인곡〉, 〈속미인곡〉을 썼다는 사실이 아이러니하다.

현대문학사에서는 서정주가 또 문제다. 그의 친일 행각은 줄기차게 쟁점이 되어 왔지만 그의 삶에 대해 우호적이든 그렇지 않든 간에 그가 남기고 간 막대한 시의 보고(寶庫)를 외면할 수는 없다.

우리 집에서 까치산 언덕길을 30분쯤 걷다가 작은 네거리에서 왼쪽으로 틀면 곧바로 '서정주의 집'이 보인다. 미당(未堂)이 작고하기까지 수십 년을 기거하던 집이다. 그가 문제적 인물인 탓에 '성역화'하지 못한 그의 집은 옛 모습을 간직하고 있어서 오히려 좋다. 나는 여러 번 문예반 학생들을 데리고 그 집에 가서 〈종천순일파(從天順日派)〉 같은 작품을 함께 읽고 '문학작품과 작가의 윤리'에 대한 토론을 벌이곤 하였는데, 고등학생들에게는 좀 난감한 주제였던 것 같다.

　물론 작품은 작가와 분리된 별개의 것이라고 보는 절대주의나 유미주의(唯美主義)의 입장도 있지만 대부분의 독자는 작가와 작품을 서로 관련시켜 감상하기 때문에 그 둘 사이에 심각한 괴리가 있을 경우에 일종의 인지부조화(認知不調和)를 경험하게 된다. 내가 작품을 읽으면서 진보적 작가라고 인식했던 어떤 소설가가 사실은 극우에 가까운 보수파임을 알고 깜짝 놀랐던 적도 있다.

　작가와 작품은 일관성이 있는 것이 바람직하다. 좋은 작품은 좋은 작가의 좋은 경험이 형상화된 것이라야 한다. 나는 그렇게 믿고 희망한다. 그것이 내가 백석과 윤동주와 김수영과 이호철과 황석영을 존경하고 함민복과 류근, 김주대를 좋아하는 이유다.

우상의 눈물

●●● 전상국의 《우상의 눈물》은 학교 폭력에 관한 소설이다. 그리고 이것은 내가 어린 시절에 겪은 또 다른 '우상의 눈물' 체험담이다.

초등학교 4학년 때 우리 반에 전병기라는 아이가 있었다. 그 지역 파출소장으로 부임한 아버지를 따라 전학해 왔는데, 꾀죄죄한 시골 아이들 속에서 병기는 옷차림이나 피부색이나 말투나 모든 면에서 군계일학(群鷄一鶴) 같은 존재였다. 게다가 반장이었다.

평상시에도 아이들 위에 군림하는 제왕적 존재였던 녀석은 특히 청소 시간에 진정한 폭군의 모습을 보여주었다. 아이들이 마른걸레를 짚고 엎드려서 교실을 왔다 갔다 하면서 나무 바닥에 윤을 내고 있을 때, 병기는 힘이 좋은 애를 엎드리게 하고 그 위에 말 타듯이 올라앉아서는 먼지떨이를 손에 들고 교실을 종횡으로 이동하면서 꾸무적거리는 아이들의 엉덩이를 때리는 것이었다. 그 매를 맞지 않으려고 정신없이 움직이다 보니 땀이 줄줄 흐르고 어떨 때는 나무 가시가 손에 박히기도 했다. 청소 시간이 병기한테는 놀라운 유희의 시간이고 아이들한테는 고통스러운 강제 노역의 시간이었다.

병기가 아이들을 괴롭히는 것은 청소 시간만이 아니었다. 학급에는 딱 괴롭히기 좋은 장난감 같은 아이들이 몇 있었고, 종국이도 그중 한 명이었다. 어느 날 아침에 종국이의 홀어머니가 교실로 들이닥쳤다. 선생님이 오시기 전이었다.

　"우리 종국이를 괴롭히는 김병기가 누구냐?"

　어머니의 착각이었는지 종국이가 잘못 전한 것이었는지, 병기의 성(姓)이 틀렸다. 그래도 종국이 어머니가 전병기를 찾고 있다는 것은 다 아는 사실이었다. 그러나 아무도 전병기를 지목할 수 없었다. 심지어는 종국이 본인도 고개만 푹 숙이고 있었다. 길길이 뛰던 종국이 어머니는 결국 종국이의 등짝을 한 대 후려치고 사라졌다.

　그 시절 내가 병기를 바라보는 심리는 미움이 아니라 외경심(畏敬心)이었다. 그는 절대 권력이었으며 가까이하기에는 너무 거대한 인종이었다. 감히 증오할 엄두를 내지 못했다.

　그런데 2학기가 시작된 초가을 어느 날 오후에 나는 운동장 구석에서 놀라운 광경을 봤다. 병기가 상급생한테 얻어맞고 흙바닥에 주저앉아 목놓아 울고 있지 않은가. 내가 이 장면을 이해하는 데는 한참의 시간이 필요했고, 이윽고 밀려오는 감정은 통쾌함이 아니라 실망감이었다. 그것은 '우상(偶像)의 눈물'이었다.

이수복 시인을 추억하며

●●● 이수복 시인의 시비(詩碑)가 그분의 고향 함평에 세워졌다는 기사를 읽으며 잠시 추억에 잠겼다. 그분은 내 고등학교 시절 영어 선생님이셨다. 당시 국어책에 〈봄비〉라는 시가 실려 있었는데, 작자(作者)가 친히 오셨으니 학생들 사이에서 한동안 수군거림이 그치지 않았다. 그러나 가르치시는 과목이 외국어인 데다 워낙 과묵하시고 곁을 잘 주시지 않는 분이라 사적으로 만나 뵐 기회를 잡기가 어려웠다.

우리 고등학교 교정은 벚꽃이 요란하게도 피는데, 어느 날 점심시간에 선생님이 (늘 그렇듯이 검정 뿔테 안경에 반코트형 가죽자켓 차림으로) 텅 빈 운동장 한가운데 오도마니 서서 만발한 벚꽃을 하염없이 바라보고 계시는 것이다. 나는 교실 창문을 통하여 그 모습을 보면서 '아! 시인은 뭔가 다른 데가 있구나'하고 생각했다.

그해 가을에 교지를 편집하면서 '선생님댁 탐방기'를 핑계삼아 마침내 선생님을 가까이서 뵐 기회를 얻었다. 그분은 학교 뒤편 언덕

배기의 비탈길 끝에 하숙방을 얻어 드셨다. 선생님은 마루 끝에 결가부좌로 앉으셔서 점점이 전등불이 들어오는 저녁 무렵의 소도시 풍경을 바라보고 계셨다.

그날 무슨 말씀을 하셨는지 기억도 나지 않지만 곱게 늙어 가시는 고아(高雅)한 풍모와 나지막한 말투, 끊겼다 이어졌다 하는 독특한 화법, 선생님의 시선이 향하는 저녁 풍광 등에 취하여 나는 또 '시인은 뭔가 다르구나'하는 생각을 하였다.

그해 교지에는 선생님의 평소 시풍과는 사뭇 다른 난해한 시를 한 편 실어 주셨는데 시 내용보다 '시인·교사 이수복'이라는 명호(名號)가 인상깊었다. 언젠가는 나도 선생님처럼 '시인·교사'가 되고 싶다는 꿈을 갖게 된 것이다.

세월이 물처럼 흐르고, 선생님이 돌아가셨다는 소식을 멀리서 들었고, 어설프지만 나도 '시인·교사'가 되어 그때의 선생님만큼 나이를 먹었다. 그런데 내 제자들 중 누군가가 나를 보면서 '시인은 뭔가 다르구나'하는 생각을 하는지, 또 누군가는 '나도 선생님처럼 되고 싶다'는 꿈을 꾸는지 모르겠다.

플라타너스

●●● 꿈을 아느냐 네게 물으면,
플라타너스
너의 머리는 어느덧 파아란 하늘에 젖어 있다.

너는 사모할 줄을 모르나,
플라타너스
너는 네게 있는 것으로 그늘을 늘인다.

　김현승 시인의 〈플라타너스〉 1연과 2연이다. 내가 이 시를 만난
것은 고등학교 시절이었고, 우리 고향에는 플라타너스 가로수가 없
었다. 플라타너스를 실제로 본 것은 대학 진학과 함께 서울에 와서
였다. 지금은 가로수의 수종이 다양하지만 그 시절만 해도 플라타
너스와 은행나무가 주종이었던 것 같다.

　현실의 플라타너스는 상당한 실망을 안겨 주었다. 내가 시를 통
해 만난 플라타너스에 대해서 미화된 환상을 갖고 있었던 모양이
다. 김현승 시인이 워낙 고아(高雅)한 분이다 보니 인격화된 플라타

너스도 선비 같은 이미지로 그려졌었다.

이 나무는 그늘이 좋아서 가로수로 많이 심기는 하지만 단점도 많다. 가지가 무질서하게 뻗어나가기 때문에 해마다 전정(剪定)을 해주어야 한다. 줄기가 얼룩덜룩한 것도 볼썽사납다. 오죽하면 우리말 이름이 '버짐나무'일까. 비가 올 때는 좋지 않은 냄새를 풍긴다. 가을이 되어도 단풍이 예쁘게 들지 않는다. 목재로도 그다지 쓸모가 없다.

이미지와 실체는 어떤 관계일까? 이미지가 실체에 종속된다고 보는 것이 일반적일 생각일 것이다. 그러나 나는 그들이 별개로 존재할 수 있다고 본다. 이것은 소설의 허구가 현실과 별개로 존재하는 것과 비슷하다. 허구의 세계는 현실과 닮았지만 현실은 아니다. 그렇듯이 시가 형상화하는 이미지는 실체와 매우 닮았지만 실체는 아니다. 김현승 시인의 인생 동반자인 '플라타너스'는 현실의 버짐나무 가로수가 아니다. 그것은 시인에 의해 창조된 별개의 나무다.

나의 인식 속에도 두 그루의 플라타너스가 있다. 하나이면서 둘인 플라타너스는 매우 비슷하면서 또한 전혀 다르다. 플라타너스뿐이랴? 사랑도 우정도 여행도 술도 커피도, 이미지이면서 또한 현실이다. 환상이면서 동시에 실체이다.

호랑이와 눈곱

●●● 훈민정음 창제 당시에는 우리말의 발음과 표기가 일치하였기 때문에 맞춤법에 대한 의식도 고민도 별로 없었을 터인데, 오늘날에는 왜 어휘를 발음대로 적지 않고 까다로운 맞춤법을 적용하는가? 사실은 지금도 소리대로 적는 것이 원칙이다.

한글 맞춤법은 총칙 제1항에서 '표준어를 소리대로 적되, 어법에 맞도록 함을 원칙으로 한다.'라고 하였다. 그러면 어법이라는 게 대체 뭔가? 소리대로 적지 않는 것을 달리 '어원(語原)을 밝혀 적는다'고 하는데, 어원을 밝혀 적어야 하는 말들을 가리고 분류하여 그 이유를 설명한 것이 바로 어법이다.

대학 1학년 때 교양 문법을 강의하셨던 J 교수님이 중간고사를 면접으로 보겠다고 하셨다. 내용은 한글 맞춤법이다. 맞춤법이라면 충분히 자신 있었던 나는 아무 걱정도 없이 교수님의 연구실로 당당히 들어갔는데,

"호랑이를 '호랭이'라 하는 사람들도 많은데 왜 '호랑이'로 표기하여야 하는가?"

나는 머릿속이 하얘지면서 대답을 못 했다. 나와서 찾아보니, 호랑이의 '호랑-'과 같은 어근을 가진 말, 예를 들면 '호랑나비', '호랑가시나무' 같은 말이 있으니 '호랑이'도 어원을 밝혀 적어야 한다는 것이다. 나는 몹시 부끄러웠다. 깊은 반성과 함께 국어 맞춤법에 관심을 갖게 되었고 결국 국어 선생이 되어 오랫동안 봉직했다.

'얽히고설키다'라는 말의 앞엣말(얽히고)은 어원을 밝혀 적는데 뒤엣말(설키다)은 왜 소리나는 대로 적을까? '얽히다'는 '얽다', '얽매이다' 등과 어원을 공유하지만 '설키다'는 공유할 어원이 없기 때문이다.

'눈곱'과 '눈꼽' 중 어느 것이 바른 표기일까? 발음은 분명 [눈꼽]이니 '눈꼽'으로 적어야 하지 않을까? 그런데 '눈곱'이 맞다. '곱'이라는 형태소가 '곱창' 같은 다른 말에서도 발견되기 때문이다. 물론 이것이 전부는 아니지만 '어원을 밝혀 적는 이유'라는 관점에서 맞춤법에 접근하면 짜증이 흥미로 바뀔 수도 있을 것이다.

전쟁은 죄악이다

••• 제2차 세계 대전에서 공식적으로 7천만 명이 죽었다. 비공식
집계에 따르면 1억 3천만 명이 사망했을 것이라고도 한다. 미국·소
련·영국 등의 연합국이 독일·이탈리아·일본의 주축국을 이겼지만,
승전이라고 해봤자 상처뿐인 영광이다.

마오쩌둥의 집권 전후(前後) 국공(國共) 내전에서 문화혁명에 이르
기까지 희생된 사람이 4천만 명이고, 칭기즈칸의 정복 전쟁 과정에
서도 4천만 명이 죽었다.

한국 전쟁에서 한국군 사망자가 13만 8천여 명인데 부상·실종자
를 포함하면 60만 명을 넘는다. 북한군은 80만여 명, 유엔군은 55만
명, 중공군은 97만 명의 사상자(死傷者)와 실종자가 발생했다. 남한
민간인 사망자는 24만 5천여 명으로 공식 집계되는데, 부상, 납치,
행방불명자를 포함하면 100만 명을 훌쩍 넘어간다. 북한 민간인도
28만 명이 죽었고 실종자를 포함하면 80만 명을 넘는다.

전쟁은 자동차 두 대가 정면충돌하는 사고에 비길 수 있다. 조금
덜 깨진 차가 이겼다고 환호할 수 있겠는가? 전쟁에서 승전국은 없

다. 전쟁 당사국은 모두 패전국이다. 당당한 전쟁은 없다. 차라리 비굴한 평화가 낫다. 전쟁을 막는 것이 가장 위대한 승전이다.

전쟁은 가장 끔찍한 죄악이다. 전범(戰犯)은 최고의 형벌로 처단해야 한다. 전후 독일이 얼마나 끈질기게 전범들을 추적해서 처벌했는지 세계 모든 국가가 배워야 한다. 전범들의 위패(位牌)를 야스쿠니 신사에 봉안하고 참배하는 일본은 부끄러운 줄 알아야 한다.

민의(民意)를 모아서 일으키는 전쟁은 없다. 한 사람의 독재자, 혹은 소수의 지도자들이 어리석은 판단을 함으로써 전쟁은 발발(勃發)한다. 그 대가는 고스란히 죄 없는 백성이 치른다. 전쟁이 일어나면 군인보다 민간인이 더 많이 희생된다. 전황이 불리해지면 전범들은 은신하거나 도피한다.

어느 낯선 나라의 대통령께서 확전 불사(擴戰不辭)를 외치더니 적국이 핵무기를 쓰면 말살해 버리겠다고 호기를 부린다. 좁은 나라에서 핵이 터지면 피아(彼我)가 공멸할 것이 분명한데 누구를 어떻게 응징하겠다는 것일까? 그분이 정권을 연장하기 위해서 전쟁을 일으킬 것이라는 소문도 있다. 설마가 사람 잡는 일이 없기를 바랄 뿐이다.

호모 루덴스

●●● 인간에게는 유희 본능이 있다. 그것이 게임 문화와 만나서 바야흐로 호모 루덴스의 중흥기가 열렸다. 게임은 어린이와 청소년의 문화로 발상(發祥)하였으나 그들이 성장하면서 30대 이후의 중견 세대까지 게임 그룹에 합류하였다.

전자오락이나 인터넷 게임을 빼고 유희인(遊戲人)의 삶을 말할 수 없다. 게임을 즐길 뿐 아니라 삶 자체를 놀이처럼 인식한다. 그것이 문화의 추세이니 뭐라 탓하기도 어렵지만, 문제는 진지해야 할 상황도 장난처럼 응대한다는 것이다.

예전에 K 고등학교에서 2학년 담임을 맡았던 해의 일이다. 나는 3학년을 졸업시키고 2학년으로 내려왔기 때문에 학년 초에 학급의 분위기를 제대로 파악하지 못하고 있었다. 반장 선거를 하는데 뭔가 수상쩍은 기류가 감지되었으나 딱 꼬집어내기는 어려웠다.

선출된 반장이 인사를 하는데 여기저기서 고개를 돌리고 키득거리는 놈들이 있었다. 알고보니 몇몇 학생들이 선동을 하여 1학년 때부터 따돌림받던 학생을 반장으로 선출한 것이었다. 담임의 입장에서 난감하고 화가 나는 일이었지만 선거를 무효화할 수는 없었다.

왕따 반장에 대한 교묘한 놀림과 괴롭힘은 이미 예견된 것이었다. 나는 이에 맞서서 허수아비 반장에게 힘을 실어주면서 실세 반장으로 만들어 보려고 애썼다. 다행히 제법 강단이 있는 학생이어서 몇 차례의 위기를 넘기면서 그럭저럭 한 학기를 마쳤다.

괴롭히는 재미를 위해 장난으로 반장을 뽑던 아이들이 지금 서른 살쯤 되어 지난 대선에서도 한 표의 권리를 행사하였을 것이다. 이제는 어른이 되었으니 나라의 장래를 생각하면서 진지하게 투표를 하였을까? 글쎄다. 제 버릇 남 주기 어렵다는 말이 있다.

지난 선거의 결과를 이해해 보기 위해서 나는 여러 기제(機制)를 동원하다가 인간의 유희 본능을 떠올렸다. 나라와 지역의 리더를 뽑는 선거조차 유희로 인식하는 게임 세대가 우리 사회의 주류를 이룬다면, 그들이 장난삼아 한 표씩 던져 주권을 위임한다면, 그렇게 권력을 위임받은 자가 나라를 말아먹은들 무슨 수로 막을 것인가? 국민 주권주의와 다수결 원칙에 기초한 선거 제도가 앞으로도 과연 민주주의의 합리적 방편이 될 수 있을지 의문이다.

스토리텔링

●●● 바야흐로 스토리텔링의 시대다. 스토리가 있는 사람이 성공한다. 성공한 사람은 스토리가 있다. 이런 형편이니 성공의 욕구를 지닌 사람은 없는 스토리라도 만들어서 감동을 창출해야 한다. 입시생도 취준생도 정치인도 모두 스토리텔링으로 자신을 돋보이고자 애쓴다.

선거철을 앞두고 정치인들이 너도나도 자서전을 들고나와 북콘서트를 한다. 책은 본인이 썼는지 대필 작가한테 맡겼는지 알 수 없지만 살아온 스토리가 풍성한 분들은 쓰기가 좀 쉬웠을 것이고 그렇지 않은 분들은 스토리를 짜내느라고 고생했을 것이다. 스토리의 진정성을 판별하는 것은 독자와 유권자의 몫이다.

21세기에 들어서야 스토리텔링이라는 말이 유행어처럼 번졌지만 되짚어 보면 상고(上古)의 설화 시대야말로 원초적인 스토리텔링의 시대가 아니었을까? 그 시절부터 민중은 신화와 전설과 민담을 지어내고 고치고 전달하는 데 익숙했다. 설화(說話) 중에서 오늘날의 스토리텔링에 가장 큰 영향을 미치고 있는 영웅 전설은 통칭 '영웅의 일대기'라고 불리는 보편적인 스토리에 기반하고 있다.

영웅은 고귀한 혈통에서 비정상적으로 잉태·출생하여 어렸을 때부터 비범한 능력을 드러내지만 그런 능력 때문에 오히려 버림을 받거나 죽음의 위기에 처한다. 그러나 조력자에 의해 구원을 받고 양육된다. 성장 후에 한 번 더 위기를 맞는다. 위기를 극복하고 당당한 어른이 되어 본격적으로 성취를 시작하고 마침내 위업을 달성한다.

이를 간략화하면, '고난-극복-성취'의 3단계가 될 것이다. 대학 진학을 위한 자기소개서는 통상 1단계를 성장 환경, 2단계는 고난을 극복하고 능력을 계발한 과정, 3단계는 장래의 성취 계획으로 구성하는데 이것도 실상은 '영웅의 일생'을 버전만 바꾼 것이다.

여기서 주목할 것은 스토리텔링의 1단계인 성장 스토리에는 고난, 역경, 위기와 같은 '성장통(成長痛)'이 내포되어 있어야 큰 감동을 준다는 것이다.

나는 피아니스트 중에 문지영 씨를 좋아한다. 연주를 들으면 정교하면서도 감성적인 선율에 저절로 몰입하게 된다. 그런데 사실 내게 무슨 탁월한 귀가 있어서 난해한 곡을 변별하여 듣겠는가? 그분에게는 '피아노 없는 피아니스트'라는 스토리가 있으니 연주가 더 감동적으로 다가오는 것이다. 어린 시절 집이 너무 가난해서 종이 위에 건반을 그려 놓고 연습했다고 한다.

이카이스 마이풀 이현준 대표의 성장 스토리도 눈물겹다. 그의 아버지는 맹인 안마사였으며 어머니는 의붓어머니였다. 이 대표의 어머니가 되어 주신 그분은 가정폭력이 있는 집에서 성장했는데 라디오 방송에서 현준이 아버지가 보낸 사연을 듣다가, '볼 수 없으면 때리지는 않겠지' 싶어 홀아비인 맹인 안마사를 찾아왔다고 한다. 그런데 이 대표가 스물일곱 살이 되도록 그분이 친어머니인 줄 알았다니 더욱 놀랍다.

'영웅'들이 한결같이 고난의 어린 시절을 통과했다고 하면 유복한 집안에서 성장한 사람들은 성장 스토리를 조작이라도 하고 싶은 유혹을 느낄 것이다. 그러나 진정성이 없는 스토리는 조화(造花)와 같아서 생명력이 없을 뿐 아니라 '연단(鍊鍛)'의 실효성이 없다. 어린 시절의 고난은 스토리텔링 이전에 이미 평범한 사람을 영웅으로 연단하는 힘이 되었다는 말이다.

인간은 출생과 죽음 사이의 스토리 속에서 산다. 스토리가 끝나면 생애도 끝난다. 우리는 지금 '영웅의 일대기' 중 어느 대목을 살아가고 있다. 무의미하거나 평범한 삶을 영웅의 삶으로 재구성해 가는 것, 그것이 곧 스토리텔링이다.

대인군자와 소인배

●●● 소인배(小人輩)와 짝지어서 대인배라는 말을 쓰곤 하는데 이는 틀린 말이다. 소인은 많고 떼지어 다니기를 즐기니 무리[輩]라 하는 것이 맞지만 대인은 많지 않고 무리를 이루지도 않는다. 그러므로 대인배가 아니라 대인군자(大人君子)라 불러야 한다.

대인군자와 소인배를 구별하는 기준이야 많겠지만, 강자 앞에서 비굴하고 약자에게 위세를 부리는 것이 소인배의 한 가지 특징이라면, 상대가 강자든 약자든 편견 없이 옳은 행위를 칭찬하고 그른 행위를 책망할 수 있어야 대인군자라 할 것이다.

신랄한 어조로 정부를 비난하던 기자들이 정권이 바뀌자 갑자기 손을 앞으로 다소곳이 모은다. 반정부적 기사는 싹 사라지고 용비어천가(龍飛御天歌)를 지어내기에 골몰한다. 그들이 볼 때는 누가 집권했느냐가 중요하지 않고 누가 칼을 들었느냐가 중요하다. 힘있는 자의 눈에 들기 위해서 사실을 호도하거나 왜곡하기를 주저하지 않는다. 소인배에게는 소신도 부끄러움도 없다. 끼리끼리 영웅 칭호를 주며 희희낙락한다.

기자들뿐이겠는가. 곡학아세(曲學阿世)하는 학자들, 위선적인 종교 지도자들, 집단 이기주의에 빠진 판검사들, 환자를 고객으로 간주하는 의사들, 백성을 속여서 권력을 잡으려는 정치인들, 모두 소인배다. 저들은 비판과 비난을, 용기와 무례를 구별하지 못한다. 저들은 법을 일쑤로 왜곡하면서도 자신이 유능하다고 생각한다. 역사에서 배우지 못하고 미래를 전망하지 못한다.

대인군자가 없지는 않다. 국회나 관청에도 누추한 여항(閭巷)에도 대인군자는 있다. 그분들은 잘 드러나지 않는다. 사상을 내면에 갈무리하며 업적을 자랑하지 않는다. 묵묵히 할 일을 할 뿐이다. 그러다가 나라가 위태로워지면 과감히 일어나서 큰 소리로 경고하고, 때로는 목숨을 초개와 같이 던지기도 한다.

은인자중(隱忍自重)하던 대인군자가 어쩌다 주머니 속의 송곳처럼 돌출하는 경우가 있다. 그러면 소인배의 돌멩이가 사방에서 거침없이 날아간다. 군자는 억울함을 굳이 해명하지 않고 물러나 때를 기다린다. 때로는 피흘리며 쓰러지기도 한다. 그렇게 역사는 의인과 군자의 피를 거름삼아 앞으로 나아간다. 옛날에도 그랬고 지금도 그러하고 앞으로도 그럴 것이다.

제5부

나는 왜 크리스천인가

감사

●●● "성공했습니다."

"축하합니다."

수술 후 사흘 만에 배변에 성공하고 나서 간호사와 나눈 대화다. 우습지만, 똥을 쌀 수 있다는 것이 얼마나 감사한 일인가? 배설을 못 해서 죽는 사람들도 있다.

유명한 CCM 중에 '날 구원하신 주 감사'라는 노래가 있다. 모든 것 주심 감사, 지난 추억 인해 감사, 향기론 봄철에 감사, 외론 가을날 감사, 사라진 눈물도 감사로 이어지다가 응답하신 기도 감사, 거절하신 것 감사, 길가에 장미꽃 감사, 장미 가시도 감사에 이르면 역설적 의미가 깊어진다.

좋은 일에 감사를 누가 못하랴. 실패를 거듭했을 때, 일곱 번 넘어졌을 때, 가장 믿었던 사람에게 배신당했을 때, 엎친 데 덮쳤을 때, 온 세상이 어두워 하늘을 우러르는데 하나님마저 외면하시는 것 같을 때, 그때도 감사할 수 있어야 진짜 감사라 할 것이다.

믿음이 없이는 감사할 수 없다. 절대 신뢰, 혹은 궁극적 낙관주의가 확고하지 않으면 하루에도 몇 번씩 감사와 원망 사이에서 오락가락할 수밖에 없다.

SNS에서 불쌍한 애완견 이야기를 읽었다. 개가 늙어서 눈을 깜박이지 못하니 날벌레들이 눈에 알을 까놓는다면서, 수술로 그것을 제거하느라고 돈이 많이 들었다고 한다.

오호라, 눈을 깜박일 수 있음도 감사! 그런데 눈을 깜박일 수 없을 때도 감사할 수 있을까?

강도사(講道師)

●●● 나는 강도사다. 강도사란 신학 공부를 마치고 설교할 자격을 갖춘 사람을 가리키는 이름이다. 기독교 내에서도 일부 교단에서만 이런 호칭을 쓰기 때문에 외인들에게는 생소한 용어일 것이다.

내가 지금은 교회 사역을 하지 않으면서도 강도사라는 명호를 떼어버리지 않는 이유가 몇 가지 있다. 우선 이것은 내 생애의 가장 어려운 시기에 힘들여 얻은 자격이다. 그때 내가 30대 중반이었다. 낮에는 고등학교에 근무하면서 야간 신학대학원에서 3년간 140학점을 취득하였다. 경제적으로도 어려운 시절이어서 장학금을 받기 위해 필사적으로 학점 관리를 해야 했다.

밤 10시에 수강이 끝나고 안산의 집에 가면 자정이 가까웠고, 서너 시간 눈을 붙이면 어슴푸레한 아침에 다시 출근길에 나섰다. 일요일에는 버스와 전철을 몇 번씩 갈아타면서 부천까지 설교를 하러 다녔다. 온종일 두 아들을 돌보면서 동네 아이들을 모아 피아노 교습을 하던 아내도, 이제 막 걷기 시작하던 쌍둥이 아들들도 함께 고생을 하였다. 그렇게 공부를 하고 연수를 마치고 강도사 인허를 받았다.

강도란 도(道)를 강(講)한다는 말로서, 사실상 설교(說敎)와 같은 뜻이다. 그런데 뜻이 비슷한 말이라도 뉘앙스의 차이는 커서, 나에게는 설교와 강도가 결코 동의어로 인식되지 않는다. 나의 주관적 개념 규정에 의하면, 설교는 많은 청중 앞에서 큰 소리로 외치는 일이고, 강도는 적은 인원을 상대로 조용조용 말하는 행위이다. 강도할 때 확성기는 없는 편이 낫고 헌금에 연연할 필요도 없다. 그래서 나는 설교보다 강도가 좋고 내가 강도사인 것이 마음에 든다.

교회의 사역을 그만둔 후에도 여기저기 작은 모임에서 성경을 강론할 기회는 꾸준히 있어 왔는데, 지금은 그마저도 끊겼다. 작년 7월 선친의 2주기 추도 예배에서 가족들을 상대로 사실상 마지막 강도를 하였다.

강도사가 안수(按手)를 받으면 목사가 된다. 나는 안수를 받지 않았다. 안수를 받기가 어려운 일은 아니다. 그것은 갈수기(渴水期)의 요단강처럼 배를 타지 않아도 건널 만한 강이다. 그러나 일단 건너면 다시는 돌아올 수 없을 것이니, 건너기 전에 분명한 부르심[召命]을 받고자 하는 것이다. 말하자면 여권을 갖춘 후 비자를 기다리는 것과도 같다. 핑계일 수도 있겠으나, 이것이 내가 여전히 강도사인 이유와 명분이다.

겸손은 힘들다

●●● 예배당에 가면 가장 많이 듣는 것이 '영광을 돌린다'는 말일 것이다. 크리스천들은 이 말을 너무 쉽게, 자주 사용한다. 그러나 실상 영광을 돌리기가 쉽지 않다.

영광을 돌린다는 것은 나에게 주어진 영광을 내것으로 치부하지 않고 다른 누군가의 공로로 돌려서 인정한다는 뜻이다. 연말이면 열리는 각 방송국의 시상식에서 상을 받은 연기자나 국제 경기에서 우승한 선수가 그 영광을 부모님이나 감독님께 돌리는 인터뷰를 가끔 보게 된다. 크리스천은 그 영광을 우선적으로 하나님께 돌린다.

당연히 영광을 돌리기 위해서는 내가 먼저 영광을 얻어야 한다. 영광을 얻지도 못한 사람이 무슨 영광을 누구한테 돌린다는 말인가? 칭찬받을 만한 그 무엇도 없는 사람이 습관처럼 '영광을 돌린다'고 말하는 것은 무지 혹은 신성 모독이다.

겸손도 마찬가지다. 겸손은 자기를 낮추는 것이다. 높은 데 있어야 낮출 수 있다. 겸손하려면 우선 강해지고 높아지고 힘이 있어야 한다. 무력한 자가 허리를 굽히는 것은 겸손이 아니고 비굴이다. 힘이 없으면 겸손할 수도 없고 용서할 수도 없다.

　루신의 소설 〈아Q정전〉의 주인공 아Q는 못난 사람이다. 누구한
테나 무시를 당하고 어디를 가든 억울하고 분한 일을 겪는다. 밤이
면 집으로 돌아오지만 자기를 괴롭힌 놈들이 생각나서 잠이 오지
않는다. 아Q는 자기 손으로 자신의 뺨을 때리기 시작한다. 지금 자
기를 괴롭혔던 나쁜 놈들의 뺨을 때리고 있다고 자기 최면을 건다.
그렇게 뺨이 시뻘겋게 부어오르도록 때리고 나면 분이 풀린다. 비
로소 그놈들을 용서하고 잠이 든다.

　겸손은 힘들다. 영광을 돌리기도 어렵다. 힘이 없으면 용서할 자
격도 없다.

경건한 창녀

●●● 아쿠타가와 류노스케의 단편소설 〈남경의 그리스도〉에 나오는 열다섯 살짜리 '경건한 창녀' 송금화는 다섯 살 때 세례를 받은 예수교 신자이다. 병상에 누운 홀아버지와 자신의 생계를 이어가기 위해 몸을 파는 것을 부끄러워하지 않으며, 예수님도 이를 이해해주시리라고 믿는다.

그러다가 악성 매독에 걸린다. 동료들은 이 병을 누군가에게 옮겨 주어야만 나을 것이라는 민간 비방을 알려준다. 그러나 금화는 예수교인으로서 다른 사람을 불행에 빠뜨리면서 자신의 병이 낫는다면 이는 옳지 않은 일이라고 생각한다.

— 하늘에 계시는 예수님, 저는 아버지를 모시려고 천한 일을 하고 있습니다. 제 일은 저 자신을 더럽히기만 하지 아무에게도 피해를 주지 않습니다. 그러므로 저는 이대로 죽어도 반드시 천국에 갈 수 있으리라고 생각합니다. 지금 저는 손님에게 이 병을 옮기지 않으면 예전처럼 장사를 할 수 없습니다. 그렇게 하면 이 병도 나을 것 같습니다. 그렇지만 설령 굶어 죽더라도 손님과 한 침

대에서 자지 않도록 주의할 것입니다. 그렇지 않으면 저는 자신의 행복을 위해 원한 없는 남들을 불행하게 만들게 되니까요. 그러나 아무래도 저는 여자입니다. 언제 어떤 유혹에 빠질지 모릅니다. 하늘에 계시는 예수님, 모쪼록 저를 지켜주세요. 저는 당신 한 분 말고는 기댈 사람이 없는 여자니까요.

선악(善惡)을 분별하기가 그리 쉽지 않다. 우리는 종종 드러난 겉모습을 기준으로 쉽사리 사람을 판단하곤 한다. '무엇'에 집착하다가 '어떻게'를 놓친다. 그런데 심판하실 하나님은 중심(中心)을 보겠다고 하신다. 크리스천은 심판을 믿고 기다리는 사람들이다. 사람의 중심은 '어떻게' 살았느냐에서 드러난다.

기독교는 왜 정치적인가

●●● 기독교를 정치적이라고 하면 오해하기 좋은 말일 것이다. 이것은 기독교가 정치 세력화하거나 정치 세력과 밀착되어야 한다는 뜻이 아니다.

초기 기독교는 콘스탄티누스 황제의 공인으로 박해를 벗어나면서 급속히 세력이 팽창했지만 그것은 역설적으로 세속화의 시작이었다. 신앙도 없는 사람들이 정치적 입지를 얻기 위해 크리스천의 탈을 쓰면서 기독교는 본질을 잃어버렸다. 그렇게 진행된 정교(政敎) 유착의 결과가 중세 암흑기다.

기독교가 정치적이라는 말은 정체(政體)에 관한 얘기다. 유사 이래 수많은 정치체제가 실험되어 왔는데, 가깝게 20세기는 사회주의(공산주의)에 기반한 공화 정체와 자본주의에 기반한 자유민주주의 정체가 대립하는 시대였다. 그러다가 소련의 지도자 고르바초프가 공산주의 실험의 실패를 선언한 이후 사실상 민주 정체의 단일 시대가 열렸다. 21세기 현재 자유민주주의 정치체제는 인류가 발명해낸 가장 합리적인 정치적 시스템으로 공인된 것이다.

그러면 자본주의에 기반한 민주정치는 더 이상의 수정이 필요 없이 완전한 것인가? 그럴 리가 없다. 민주주의는 아주 불편하고 비능률적이며 심지어 위험한 제도이다. 민중의 합의에 의해서 정책을 결정하자는 취지는 이상적이지만 그 과정이 복잡다단(複雜多端)하다. 직접 민주정치는 절차상 어려움이 많기 때문에 부득불 대의정치를 하는데, 민중의 권리를 위임받은 자들의 다수가 사심(邪心)을 버리지 못하기 때문에 정계 안팎에서 늘 잡음이 끊이지 않는다. 때때로 민주적 지도자의 탈을 쓴 독재자가 출현하기도 하는데 이럴 때는 필연적으로 민중의 피흘림이 뒤따른다.

기독교인이 아니라도 정치에 관심이 있는 사람이라면 민주정치의 한계를 절감할 때가 있을 것이고, 그럴 때면 완벽하게 의로운 독재자가 통치하는 나라를 꿈꾸어 보았을 것이다. 그러한 정의로운 독재정치가 바로 기독교인이 기다리는 이상적인 정치체제다.

사람 중에는 그런 지도자가 있을 수 없으니 크리스천은 사람이 되신 하나님, 온전한 신(神)이며 동시에 온전한 사람이신 예수 그리스도가 다스리는 나라를 기다리는 것이다. 그런 의미에서 기독교는 정치적이다.

우리나라 정계에도 '기독'자 들어가는 정당이 늘 존재해 왔다. 지역구 의원은 당선되기 어려울지라도 비례대표 제도를 통해서라도 의석을 얻어볼 꿈을 꾸었겠지만 아직까지 실현되지 못하고 있다. 기독교인들의 인구 비율을 감안하면 잘 이해가 안 되는 현상이지만, 바꾸어 생각하면 우리나라 크리스천들이 정치와 신앙의 관계를 잘 이해하고 있음을 반증하는 것이기도 하다.

크리스천이 정부의 관료나 의원이 되어 공평무사(公平無私)의 마음으로 정치나 행정을 수행한다면 더할 나위 없이 바람직하다. 그러나 명색 크리스천이 권력과 지위를 이용해서 사익을 추구하거나 당리당략을 위해 비열한 짓을 한다면 이는 공의로우신 하나님을 심히 모독하는 것이니 현세와 내세에서 중벌을 면치 못할 것이다.

한국의 크리스천들 중에는 정치적으로 양극화한 사람들이 많다. 한 그룹은 정치에 전혀 무관심하고 다른 그룹은 극렬한 우파 성향을 보이니 둘 다 문제다. 기독교를 정치세력화하는 것도 잘못이고 정치를 외면하는 것도 잘못이다.

크리스천에게 민주정치는 차선책이지만, 온전한 왕이 오시고 그 나라가 완성되기까지 현실 정치에 관심을 가지고 선거권을 적극 행사하며, 세상 나라가 평안하도록 최선을 다해야 한다. 그것이 하늘 나라를 확장하는 길이기도 하다.

민간어원(民間語源)

●●● 언어학적 연구나 사실에 근거하지 않고 어형과 의미의 우연한 유사성에 근거하여 말의 유래를 찾는 것을 민간어원(民間語源)이라 한다. 학자들은 민간어원이 사실을 왜곡할 수 있으므로 위험한 것이라고 본다. 그러나 학자들도 민간어원을 완전히 무시하지는 못한다. 근거나 사료가 충분치 않을 때 그들도 추리·상상력을 동원하며 민간어원설을 참고하기도 하는 것이다.

도루묵의 유래에 얽힌 이야기는 널리 알려졌다. 병자호란이 끝나고 남한산성에서 환궁한 인조가 '은어'에게 '목'이라는 이름을 되돌려주었으니 이로부터 도로목(도루묵)이 되었다는 얘기다. 그러나 도루묵의 16세기 어형이 '돌목'인 것을 감안하면 도루묵의 설화는 그다지 신뢰성이 없다. 돌목은 목어의 일종으로서 돌붕어나 돌조개처럼 품질이 떨어지는 상태를 뜻하는 접사 '돌-'이 결합된 말이다. 돌목은 '도르목', '도로목'을 거쳐 지금의 도루묵이 되었다고 볼 수 있다.

사실이 무엇이든 도루묵의 민간어원은 민간에서 굳건히 확산되었고 '말짱 도루묵'이라는 관용구까지 생겨났다. 아마도 '못난 임금'

에 대한 백성의 반감이 도루묵 설화에 투영되었을 것이다.

형태가 이미 고정된 어휘의 어원에 대한 논란은 실상 별로 의미가 없다. 민간어원을 얘기할 때 단골로 예시되는 '행주치마'도 그렇다. 임진왜란 때 행주산성 싸움에서 유래하였다는 것이 민간어원설이고 '행자쵸마'의 변천이라는 것이 학자들의 정설이다. 그러나 행주산성 유래설이 틀렸다고 한들 무슨 문제인가? 행자쵸마가 행주산성 싸움에서 공을 세웠으니 행주치마라는 새 이름을 얻을 자격이 충분하다.

우리나라 기독교의 양대 산맥인 천주교와 개신교에서 절대자를 부르는 이름이 다르다. 천주교에서는 '하느님'이라고 하고 개신교에서는 '하나님'이라 한다. 물론 같은 기독교에서 서로 다른 신을 지칭할 리가 없으니 이는 부르는 방식의 차이일 뿐이다.

'하느님'의 어원은 명백히 '하늘+님'이다. 이는 그분이 계신 곳을 높이는 간접 높임의 호칭으로서 나라에 계신 임금을 '나랏님'이라 부르는 것과 같은 방식이다.

그러면 '하나님'의 어원은 무엇일까? 여기서 천주교와 개신교의 주장이 엇갈린다. 개신교가 먼저 전래된 우리나라 서북 지방에서 '하늘'을 '하날'이라 하였기에 '하나님'이라는 호칭이 통용되었을 뿐, '하느님'과 '하나님'은 같은 어원에서 나왔다는 것이 천주교의 주장이다. 한편 개신교에서는 '오직 하나이신 그분'에 대한 믿음, 즉 유일신(唯一神) 신앙이 '하나님'에 담겨 있다고 주장한다.

어원학적으로 보면 천주교의 주장이 옳다. '하나님'에서 유일신 신앙을 유추해 내는 것은 개신교의 민간어원설이다. 그러나 그것이 신앙 고백을 담고 있으니 굳이 어원학으로 공격할 이유는 없다. 천주교 신자는 '하느님'이라 부르고 개신교 신자는 '하나님'이라 부르는 것이 각 종단의 문화를 존중하는 태도이다. 다만 '하나님'과 '하느님'이 같은 분을 가리키는 이름이라는 것을 알고는 있어야 한다.

'바다'의 어원은 무엇일까? '받다', '받아들이다'와 같은 어원이라는 것이 나의 소박한 민간어원설이다. 바다는 모든 강물을 '받아서' 하나의 큰물을 만든다. 나의 추론이 맞다면, 세계의 모든 말들 중에 우리말 '바다'만큼 바다의 속성을 잘 드러내는 말이 없지 않을까?

기초 윤리학 퀴즈

●●● 나는 머위나물을 매우 좋아한다. 쇠기 전의 머위를 잎, 줄기 함께 채취해서 데친 다음 된장에 무쳐서 먹으면 그 쌉싸름한 맛이 비길 데 없다.

내가 나물을 캐러 다니는 산길 아래쪽에 머위가 무성히 자라는 밭이 있었다. 울타리 너머에서 뻗쳐온 것인지 누가 심어 기르는 것인지 알 수가 없다. 머위는 번식력이 좋아서 누군가가 밭에 심어 기른다 해도 금세 밭둑과 이웃 밭까지 퍼져나가기 때문에 소유권의 경계를 정하기 어렵다.

나는 그 밭에 여러 날 눈독을 들이다가 마침내 용기를 내어 머위 채취를 감행하였다. 관리는 안 하는 듯하였지만 그래도 갑자기 밭주인이 나타나면 뭐라고 변명할까 궁리하며 주위를 몇 번씩 살폈다. 집에 와서 동생한테 물어봤다.

"아버지 산소 가는 길 아래쪽에 밭뙈기 세 개 있지?"

"그런데요?"

"맨 아래쪽 밭에 머위가 무성하던데, 그게 누구 밭이냐?"

"거기 다 우리 밭이지요."

"······"

문제 : 머위를 채취할 때 '나'가 가졌던 죄책감은 '동생'의 말을 들은 순간 해소되어야 하는가, 아니면 유지되어야 하는가?

꿈

••• 맨몸에 이불을 망토처럼 두르고 텅 빈 거리를 헤매는 꿈을 꾸다가 잠이 깼다. 새벽에 소파에 누웠는데 배가 시려서 방석을 배에 올려놓고 잠이 든 모양이다. 날씨는 더 싸늘해져서 얼굴이 시릴 정도인데 꿈속에서도 초겨울 같은 날씨였다.

꿈이 무엇일까? 정신분석학자나 뇌과학자들에게도 꿈은 여전히 밝혀지지 않은 신비의 영역이라고 한다. 내 경험에 의하면 꿈은 다 '개꿈'이다. 특별한 의미를 부여하는 것이 무의미하다는 말이다. 좋은 꿈보다는 악몽을 많이 꾸는데, 잠에서 깨어보면 덥거나 춥거나 몸이 아프거나, 하여튼 잠자리가 불편한 상황이다.

그런데 정작 신비로운 것은 꿈이 정신이나 의식 영역의 무엇인가를 반영한다는 사실이다. 이것이 개인적인 현상인지 인류 보편의 원형적(原型的)인 현상인지는 모르겠지만, 악몽(惡夢) 중에서 내가 가장 많이 경험하는 것이 '집을 찾아가는' 꿈이다. 오늘 새벽 꿈에서도 집을 찾느라고 거리를 헤맨 것이었다. 꿈에 집을 잘 찾아간다면 악몽이 아닐 텐데 못 찾으니까 악몽이다. 대체 왜 꿈에 집을 찾아

헤매며 끝내 찾지 못하는 것일까? 나는 내 꿈을 근거로 인간이라는 존재의 정체성을 규명해 본다. 인간은 '영혼의 집을 잃어버린 존재'로서 회귀(回歸)의 본능을 지니고 있다.

재미있는 것은 문화적 상황의 변화에 발맞추어 꿈의 내용도 윤색된다는 것이다. 운전을 시작한 이후에 '차를 못 찾는' 꿈을 종종 꾼다. 주차장을 헤매고 다니는데 끝내 내 차가 보이지 않을 때는 절망감을 넘어 공포심이 생긴다. 어느 때부턴가 휴대폰도 꿈에 등장한다. 주로 아내에게 전화를 걸려고 시도하는데 번호가 생각나지 않는다. 어쩌다가 번호를 떠올리면 이번에는 폰의 숫자판이 보이지 않는다. 차든 휴대폰이든 집을 찾아가는 수단이므로 결국은 '집을 못 찾는 꿈'으로 귀결된다.

집 찾기 악몽의 외전(外傳)이라 할 수 있는 것이 학교에서 교실을 못 찾는 꿈이다. 재직 중에도 그랬고 퇴직 후에도 가끔 그런 꿈을 꾼다. 내가 들어가야 할 교실이 생각나지 않기도 하고, 교실은 아는데 그것을 찾지 못해서 헤매기도 한다. 시간은 자꾸 가는데 교실을 못 찾으면 꿈속에서도 식은땀이 난다. 잘 기억은 안 나지만 실제로 비슷한 경험이 있었을 것이다. 그렇다고 해도 그것이 그토록 오랫동안 악몽으로 되풀이되니 잠재의식이라는 것이 참 무섭다.

꿈이 무엇일까? 잘 모르지만 꿈속에 내가 있는 것이 아니고 내 속에 꿈이 있다. 꿈이 문제가 아니라 내가 문제라는 말이다. 악몽을 꾸는 것도 마찬가지다. 내 안에 잠재한 어둠이 발현되는 것이 악몽이다. 그런 악몽에서 영영 깨어나지 못한다면 그것이 바로 지옥일 것이다.

어쩌다가 내 속에 그토록 많은 어둠이 스며들었는지, 세월이 흘러도 왜 그것이 사라지지 않고 꿈자리를 어지럽히는지 모르겠다. 후각적으로 표현해서 어둠이 악취라면 빛은 향(香)일 것이다. 향은 악취를 몰아낸다고 한다. 이제부터라도 내 마음에 빛을 많이 쬘 수 있으면 좋겠다.

질서, 평온, 가족과 친구들과의 좋은 관계, 자연과의 접촉, 정서적 안정, 걱정과 후회 안 하기, 많은 긍정, 해(害)가 되는 사람 멀리하기, 무엇이든 과한 것을 피하기…. 내가 이제부터 유념하기로 마음먹은 이것들은 스페인의 카탈루냐에서 116세를 누리고 있는 마리아 브라냐스 할머니가 말하는 장수 비결이기도 하다.

나는 왜 크리스천인가

●●● 어디 가서 기독교인이라고 말했다가 뺨 맞기 좋은 이 시대에 나는 여전히 크리스천이다. 내가 크리스천인 이유는 의외로 합리론적이며 인과론적이다. 이 부조리하고 불합리한 세상사가 미해결인 채로 묻히거나 끝나서는 안 된다. 의인이 고난 중에 살다가 고통스럽게 죽거나 악인이 죽는 날까지 희희낙락하는 꼴을 차마 봐 줄 수가 없다. 그러므로 죽음이 종말(destination)이 돼서는 곤란하다.

한번 죽는 것은 사람에게 정하신 것이요 그 후에는 심판이 있어야 한다. (히브리서 9:27) 감추인 것이 드러나지 않을 것이 없고 숨은 것이 알려지지 않을 것이 없다는 말씀(마태복음 10:26)을 굳게 믿는다. 어둠 속에서 무슨 짓들을 했는지 샅샅이 드러나야 한다. 묻힌 선행도 드러나고 숨긴 악행도 드러나야 한다. 그것이 심판이다.

심판을 믿고 그것을 의식하며 사는 사람이 신자다. 그런 의미에서 나는 신자다. 심판대에서 상을 받거나 칭찬받을 자신은 없다. 그래도 당당히 거기에 서고 싶다.

그러면 왜 굳이 기독교인가? 불교의 인과응보(因果應報)나 윤회전

생설(輪廻轉生說)로도 삶의 부조리는 얼마든지 설명할 수 있지 않은가? 물론 그렇다. 불교 이론을 적용하면 더욱 이해가 잘 된다. 그런데 나는 왜 기독교 패러다임을 받아들이는가? 여기서 부득불 체험적 영역으로 넘어갈 수밖에 없다.

유년 시절 우리 집은 산골 외딴곳에 있었고, 대대로 제사 지내며 선령(先靈)을 모시는 집안이었는데 큰형님이 미션 스쿨인 사립고등학교에 진학하면서 영적 전쟁의 조짐을 보이기 시작했다. 내가 취학도 하기 전이었을 것이다. 형님을 따라 예배당에 처음으로 가 봤는데 감나무 가지에 종을 걸어서 치는 작은 시골 교회였다.

그날 무슨 말씀을 들었는지는 기억나지 않지만 다만 매우 특이한 후각적 경험을 했다. 그 예배당에서 설명하기 어려운 기이한 향을 맡은 것이다. 나는 그것을 막연히 '교회 냄새'라고 생각하고 지나쳤다. 그 후 몇 년간 우리집에서 무섭고 희한한 일들이 연거푸 일어났고, 집안은 풍비박산이 났으며 우여곡절 끝에 아버지는 성령 체험을 하고 기독교 신자가 되었다.

초등학교 5학년 때 산골에서 도시 근교로 이사했는데, 그 마을에 초가지붕을 덮은 작은 기도소(祈禱所)가 있었다. 시내에 있는 큰 교회의 부속 예배처로서 주일학교에 아이들 수십 명이 모이는 곳이었다. 나는 거기서 두 번째로 '교회 냄새'를 맡았는데 그때까지도 그것이 특이한 체험인 것을 몰랐다.

   고등학교 시절, 나중에 선교사가 된 김 아무개 군과 함께 학교 근처의 작은 교회에 다녔다. 거기서 세 번째 '교회 냄새'를 맡았다. 그것은 값싼 방향제와는 전혀 다른, 고귀하고 신비하고 거룩한 냄새였으며 아주 진한 향이었다. 나는 비로소 이 체험이 예사롭지 않다는 것은 인식했다. 돌이켜보니 향을 체험한 세 장소는 모두 작고 초라한 예배당이었다. 그 후에 교회를 여러 번 옮겨 다니고 큰 교회도 다녔으며 신학 공부도 했지만 다시는 그런 향을 맡지 못했다.

   나중에 누군가에게 그 얘기를 했더니 깜짝 놀라며 '그리스도의 향'을 체험한 것이라고 했다. 성경에 보면 여인이 설화석고(alabaster)병을 깨뜨려 순전한 나드(nard) 향수를 예수께 부어 드리는 얘기가 나온다. 내가 어린 시절에 체험한 세 번의 '교회 냄새'가 성경에 나오는 나드 향이었을 것이라고 추리하면서 새삼 전율을 느꼈다.

   이것은 내 간증(干證)의 한 페이지다. 기독교는 간증의 종교다. 간증이란 신앙생활에서 얻은 특별한 종교적 체험을 고백하는 것이다. 성경도 간증의 기록이며 전도(傳道)라는 것도 간증의 범주를 넘을 수 없다. 크리스천의 삶은 간증의 징검다리를 건너 피안(彼岸)으로 가는 과정이다.

모르는 것은 무섭다

●●● 고향에 돌아와서 처음 얼마 동안 적응하기가 힘들었다. 작은 마을이지만 내가 어렸을 때는 사람으로 북적거렸고 젊은이들도 많았는데 어느새 다들 떠나고 빈집이 절반이 넘는다. 사람이 사는 집에도 노인들 몇몇이 남아 있을 뿐이다. 우리 이웃의 여섯 가구 중 넷이 빈집이다. 밤이면 분위기가 괴괴해진다.

언제 돌아가실지 모르는 어머니가 방에서 주무시고 나는 거실에 누웠는데 휘파람새가 퉁소 소리 비슷한 울음소리를 내면서 지붕 위의 하늘을 왔다 갔다 한다. 가끔 개들이 요란하게 짖는 것은 멧돼지가 마을 가까이 내려왔기 때문일 것이다.

그런데 정작 무서운 것이 따로 있었다. 밤이 되면 어디선가 '퍽퍽' 하는 소리가 일정한 간격으로 들리는데, 떡메를 치는 소리 같기도 하고 야구 배트로 타이어를 때리는 소리 같기도 하다. 아무리 추리를 해 봐도 어디서 어떻게 나는 소리인지 짐작이 되지 않았다.

며칠 후에 처음 보는 아주머니가 우리집에 들렀다. 냇가에 새로 지은 2층집에 사는 분인데 임시로 반장 노릇을 하고 있다며 태양열

판 설치에 대한 주민들의 의견을 조사한다고 하였다. 나는 마침 잘 됐다 싶어서 혹시 밤에 퍽퍽 울리는 소리 들어봤느냐고 물었더니 그분이 웃으면서 이렇게 말한다.

"아, 그거요? 우리 집 양반이 옥상에서 골프 연습하는 거예요. 남편이 퇴직 공무원이거든요. 낮에 필드에 나가서 지고 오면 밤에 그렇게 연습을 하네요. 죄송해요. 주의시킬게요."

모르는 것은 무섭다. 이호철의 소설 《닳아지는 살들》에서 희망도 의욕도 잃어버린 일가족의 귀를 울리는 '꽝,당,꽝,당'하는 기계음은 정체를 알 수 없기 때문에 더욱 불안감을 고조시킨다. 그 불안감은 인물들의 심리를 관통하여 독자의 심리에까지 파급된다.

귀신도 안 보이고 모르니까 무섭다. 그런데 내가 귀신을 안 무서워하게 된 계기가 있었다. 《금병매(金瓶梅)》에서 반금련은 본래 무대의 아내였는데 남편을 죽이고 서문경과 어울린다. 무대의 혼령은 동생 무송에게 호소하여 원수를 갚고 싶은데 무송의 생령(生靈)이 무서워서 나타나지 못한다. 만약 내가 산 사람이라면 귀신을 무서워할 이유가 없다. 만약 귀신이 무섭다면 내가 산 사람이 아닐 수도 있다.

밀레니엄을 꿈꾸며

●●● 약수터 가는 길이다. 5미터 앞에서 꿩이 푸드덕 날아오르는 바람에 화들짝 놀랐다. 그리고 10분이나 지났을까, 길가에서 큰 염소만 한 노루가 갑자기 일어나 뛰어간다. 나는 또 놀라서 주저앉았다가 일어났다.

저녁때 마당귀에서 풀을 뽑고 있는데 알록달록한 뱀이 풀 사이에서 기어나와 돌담 구멍으로 스멀스멀 사라진다. 나는 한동안 얼음기둥이 되었다가 풀 뽑기를 그만두고 들어왔다. 뱀도 놀랐을 것이다.

아침마다 밥을 얻어먹으러 오는 길고양이가 며칠 전 새끼를 네 마리 낳았다. 그런데 이것들이 나를 보면 재빨리 달아나 담모퉁이에서 고개만 내놓고 눈치를 본다. 어미가 태교(胎敎)를 어떻게 했기에 태어나자마자 저토록 사람을 불신할까?

삼라만상(參羅萬像)이 서로 경계하고 노려보며 살고 있다. 사람끼리도 못 믿는 세상이니 무엇을 탓하겠는가?

어린아이가 뱀 굴에 손을 넣고 장난쳐도 물지 않고, 사자가 소처럼 풀을 뜯어먹는 세상은 어디쯤 오고 있을까?

종화를 졸업시킨 이야기

●●● 이것은 신앙 간증이고도 하고 학교폭력 체험담이기도 하다. 내가 B 고등학교에서 1학년 부장을 맡아서 신입생 오리엔테이션을 할 때 찌렁찌렁한 목소리로 대답을 잘하는 키 큰 학생이 있었는데 개가 종화였다. 덩치는 커도 순박하기 이를 데 없으며 종합적인 인지능력은 좀 떨어지지만 특정 분야의 기억력은 매우 뛰어난 학생이었다.

1학년 때는 종화네 반에 수업을 들어가지 않았다가 2학년 때 다시 만났다. 그 반에 책을 많이 읽고 글도 잘 쓰는 병준이가 있었다. 어느 날 병준이가 나를 찾아와서는 종화가 교실에서 날마다 폭행을 당한다고 했다. 10명쯤 되는 학생들이 조직적으로 종화를 괴롭히는데 하루에 수백 대를 맞는 것 같다고 한다. 사건이 커지지 않게 강도(强度)를 조절해서 교묘하게 때리는 것 같았다. 담임 선생님과 상의해야 하지 않느냐고 했더니 이미 해 봤지만 소용이 없다는 것이었다.

교실에서 새삼 종화의 얼굴을 자세히 들여다보니 무수히 많은 자잘한 흉터가 있었다. 그것들이 다 지금까지 크고 작은 폭행을 당한 흔적인 것 같았다.

나는 그 해 1년 동안 종화를 보호하기 위해 온갖 노력을 해서 폭력의 정도를 많이 완화시키기는 했지만 끝내 근절시키지는 못했다. 그해 말에 종화 어머니를 복도에서 마주쳤다.

"그냥 자퇴를 시킬까 봐요. 이런 식으로 학교를 다니는 것이 무슨 의미가 있는지 모르겠어요."

"그러지 마시고 교감 선생님을 한번 만나서 종화가 3학년이 되면 제 반에 배정해 달라고 부탁해 보십시오. 제가 졸업시키겠습니다."

이듬해 2월 말에 3학년 담임들이 모여서 학급 배정을 받았는데, 민짜 각봉투를 죽 늘어놓고 하나씩 뽑는 방식이었다. 내가 뽑은 봉투를 열어 보니 학생들의 명렬표와 가정환경조사서가 들어있었는데 놀랍게도 종화가 그 반에 있었다. 바로 종화 어머니께 전화를 드렸다.

"종화가 제 반에 있네요. 이제 걱정하지 마세요. 그런데 참, 교감 선생님은 만나 보셨어요?"

"아뇨.…제가 기도를 얼마나 열심히 했는데요."

나는 그 순간 등골이 오싹해지는 충격을 받았다. 그분은 천주교 신자였다. 이런 일이 우연이라고 웃는 사람도 있겠지만 우연이 거듭되면 우연으로만 간주할 수 없게 된다.

생애를 돌아보면 내가 늘 크리스천이었던 것도 아니다. 교회를 안 다닌 기간도 많았고 때때로 거의 신앙을 잃어버렸었다. 그럴 때마다 한 번씩 새로운 체험의 문이 열려서 신앙심을 회복하곤 하였다. 나의 체험을 종합해 보면 '누군가 나를 지켜보고 있다'는 느낌을 지울 수 없다. 그분이 왜 내 삶을 관찰하고 관심하는 것일까?

종화는 졸업을 했다. 3학년 때도 폭력이 완전히 근절된 것은 아니었으나 어쨌든 내가 담임이니 충분히 방패와 바람막이가 되어줄 수 있었다. 졸업식 날 종화 어머니가 눈물이 글썽해서는, "이런 날이 진짜 오네요."하셨다.

종화는 지금 뭘 하고 살까? 내가 M 여고에 근무할 때 통화를 한번 했는데 꼭 날마다 만나는 사이처럼 자연스럽게 우리 학교 권투선수 얘기를 한참 하는 것이었다. 우리 사회에 종화가 즐겁게 할 수 있는 일이 있을까? 있으면 꼭 찾았으면 좋겠다.

전도(傳道)

●●● 의붓딸을 밟아서 죽인 혐의로 구치소에 수감 중인 여자가 아주 명랑하게 지낸다고 한다. 가슴 수술한 것을 자랑하고 딸기잼 마사지도 하고 무엇보다 전도(傳道)를 열심히 한다고 한다. 전도를 한다고? 나는 충격을 받았다.

대저 전도라는 것은 도(道)를 전하는 것이다. 살인 혐의가 명확한 사람이 무슨 도가 있어서 그것을 전한다는 말인가? 전도가 무슨 영업 사원의 외판(外販) 같은 것인가? 그 사람에게 신앙심이 조금이라도 남아 있다면 남들에게 교인인 것을 들키지 않기 위해 전전긍긍해야 마땅하지 않은가? 구석 자리에 엎드려 참회의 기도를 올린다면 좀 이해가 되겠다.

나는 전도를 못 한다. 내 삶이 빛을 발하지 못하므로 내가 크리스천인 것을 누가 알아챌까 봐 겁이 난다. 그래도 어떻게 아는지 아는 사람은 다 안다. 그래서 내 언행으로 하나님의 빛을 가리지 않으려고 가능한 한 조심한다. 그것이 나의 유일한 전도 행위다.

고장 공학

••• 예전에 대기업인 D사가 '탱크주의'를 모토로 내세운 적이 있었다. 튼튼하게 만들어서 고장나지 않게 하겠다는 것이다. 고마운 말이기는 하지만 그래서야 그 회사가 어떻게 유지될까 걱정스러웠다. 그 무렵에 D사의 선풍기를 산 게 하나 있는데 지금도 잘 돌아간다. 거의 20년을 쓴 것 같다.

물건을 잘 만드는 것은 제조업의 표면적 방침이고, 그것이 어느 순간 고장이 나게 만드는 것이 숨겨진 기술이라고 본다. 너무 빨리 고장이 나면 회사의 이미지가 실추되고 너무 오래 고장이 안 나면 수익을 창출할 수 없다. 그래서 적당한 순간에 고장이 나게 만들어야 한다. 이것을 굳이 이름 붙이자면 '고장 공학'이라고 할 수 있을 것이다.

그런데 아무리 검색해 봐도 그런 용어는 없었다. 하기야 고장 공학을 책으로 쓰거나 드러내놓고 대학에서 가르칠 수는 없을 것이다. 그저 제조사의 핵심 기술자들 사이에 은밀히 전수되는 비전(祕傳) 같은 것은 아닐까?

성경에 보면 장차 도래할 밀레니엄에는 독(毒)도 질병도 없어지고 맹수는 순한 짐승이 되며 사람이 나무처럼 오래 살 것이라고 한다. 놀랍고 감격스럽다. 그러나 그렇게 되면 지구는 불어난 인구를 어떻게 지탱할 것인가? 사람에게 수명이 있어 그것이 다하면 죽는 것도 일종의 고장 공학적 시스템이다. 탱크주의 인간은 곤란하다. 넓이와 자원이 한정된 지구에서, 죽음은 후손을 위하여 자리를 양보하는 것이니 그다지 슬퍼할 것도 아쉬워할 것도 없다.

밀레니엄은 결국 어떻게 될까? 인간의 내면에 숨겨진 악(惡)이 발동해서 미증유(未曾有)의 대전쟁이 일어난다고 한다. 이로써 지구의 역사는 종말을 고하고 영원한 '새 하늘과 새 땅'이 열린다.

우주의 삼라만상(森羅萬象)이 실상 고장 공학의 적용을 받는 것이니 그것이 엔트로피 법칙이다. 사람이나 짐승이나 물건이나 엔트로피의 예외가 없다. 그것을 극복해 보려고 용을 썼던 진시황은 210년 7월 22일, 50세의 나이로 죽었다.

어메이징 그레이스

••• 내가 결혼했던 서른 살 무렵에 장인은 이미 칠십 고개를 넘으셨는데 힘이 얼마나 좋으신지 쌀 한 가마니를 둘이 나눠 메고 전철역까지 갈 때 내 걸음으로 도저히 따라잡을 수가 없었다. 키는 훌쩍 크신 분이 몸에 군살이 하나도 없으시고 단것을 그리도 좋아하시고 만년에도 걸쭉한 농담을 잘하시던 장인이 100세를 누리고 돌아가셨다. 호적이 불타서 재정리할 때 두 살을 잃어버렸다는 당신의 말이 사실이라면 향년(享年)은 실제로 102세였을 것이다.

장인의 건강 비결이 무엇이었을까? 고인께는 죄송하지만 무위도식(無爲徒食)이 아니었을까 싶다. 왜정 말기에 태평양전쟁에 참전하시고 6.25 전쟁에서도 용맹을 떨치다가 허벅지에 관통상을 입고 제대하신 후에 이렇다 할 직업이 없이 긴 생애를 보내셨다.

결정적인 실수는 종전(終戰) 후에 국가의 보훈을 거부한 것이었다. 그 시절은 나라도 어려울 때라 국가유공자에 대한 보상으로 매월 밀가루 한 포대인가를 주었다는데 그때만 해도 호기(豪氣)가 넘쳤던 장인은 '이까짓 게 뭐다냐'시면서 수령을 거부했다고 한다. 그

후의 생계는 온전히 장모님의 궁리에 얹혔으니 장인은 술이 한 잔 들어가면 화려한 왕년(往年)을 녹음기처럼 회고하는 무능한 가장으로 전락하고 말았다.

다행히 90세가 넘은 연세에 국가유공자의 명예를 회복하시고 연금도 좀 받다가 돌아가셔서 대전 현충원에 안장되셨다. 장례 의식까지 보훈처에서 다 담당해 주니 후손들은 비로소 고인의 덕을 보게 되었다. 자손들에게 재산은 못 물려주셨을지언정 한 티끌의 폐도 남기지 아니하신 데다 국가유공자의 후손이라는 자랑스러운 이름까지 끼치셨으니 할 일을 몰아서 다 하신 셈이다.

안장하던 날 유가족이 모여 〈어메이징 그레이스〉를 함께 불렀다.

"나 같은 죄인 살리신 그 은혜 놀라워 … 또 나를 장차 본향에 인도해 주시리."

장인은 천국에 가셨을까? 가셨겠지. 치매 증세가 있으신 중에도 늘 기도하시던 분이다.

휘항(揮項)

●●● 혜경궁 홍씨의《한중록(閑中錄)》에 보면 사도세자 이선(李愃)이 뒤주에 갇히던 그 날의 참상이 자세히 서술되어 있다. 세자는 분노하는 부왕(父王) 앞에 나아가기 전에 혜경궁으로서는 도무지 이해할 수 없는 말을 한다.

"내가 학질을 앓는다 하려 하니, 세손의 휘항(揮項)을 가져오라."
하시거늘, 내가 그 휘항은 작으니 당신 휘항을 쓰시고저 하야 내
인다려 당신 휘황을 가져오라 하니, 몽매(夢寐)밖에 썩 하시기를,
"자네가 아뭏거나 무섭고 흉한 사람이로세. 자네는 세손 다리고
오래 살랴하기, 내사 오늘 죽게 하였기 사외로와, 세손의 휘항을
아니 쓰이랴 하는 심술을 알게 하였다네."

휘항이란 머리에서 어깨까지 덮는, 조선 시대 남자들의 방한모로서 휘양, 호항, 풍령이라고도 한다. 그때는 휘항을 쓸 만한 계절이 아닌데도 세자는 학질을 핑계하면서까지 굳이 휘항을 쓰려 한다. 더 이상한 것은 자기의 휘항이 아니라 아들의 휘항을 쓰겠다는

것이다. 홍씨가 '아들의 휘항은 작으니 당신 것을 쓰라'고 하는 것은 당연한 반응이다. 그런데 세자는 이를 몹시 섭섭해한다. "나는 오늘 죽을 사람이니 아들의 휘항을 쓰는 것을 기휘(忌諱)하여 거절하는구먼. 나 죽거든 아들 데리고 오래 사시오."라고 말하는 맥락이다. 도대체 세자는 왜 아들의 휘항을 쓰려 했던 것일까?

세자는 부왕(父王)이 자신을 미워하고 아들(세손)을 귀애(貴愛)한다는 것을 안다. 오늘 죽을 것이 분명한데, 혹 부왕이 세손 보듯이 자신을 보아준다면 살 길이 열리는 것이다. 그래서 부왕이 사랑하는 세손의 휘항을 쓰고 그 앞에 나아가고자 한다. 아버지의 사랑을 받지 못하고 어머니와도 격리되어 외롭게 성장한 세자는 어설프지만 애절한 방식으로 아버지의 긍휼(矜恤)을 갈구하는 것이다. 그 눈물겨운 속셈을 아내 홍씨는 끝내 이해하지 못한다.

나는 이 장면을 이해하기 위해 기독교 신앙의 패러다임을 적용해본다. 죄악으로 더러워진 인간이 빛이신 하나님 앞에 나아가면 죽는다. 오직 죄 없으신 예수만이 하나님 앞에 설 수 있다. 사람이 하나님 가까이 가는 길은 예수의 희생의 피를 덧입는 것이다. 그렇게 피의 휘항을 쓰고 하나님 앞에 나아가면 하나님이 그리스도를 귀애(貴愛)하시듯이 사람을 용서하시고 사랑하신다. 이것이 기독교 교리의 핵심이다.

이타적 유전자

●●● 흡연자들이 골목길에 담배꽁초를 마구 버리는 것을 보다못해 꽁초통을 여러 개 만들어 집 주변 여기저기에 비치했다.

시간이 지나면서 제법 효과가 나타나서 요즘 꽁초의 70% 정도는 꽁초통에 담기는 듯하다. 그것을 며칠마다 한 번씩 비우는 것도 물론 나의 일이다. 꽁초를 얌전히 넣고 간 사람들도 있고 대충 휙 던지고 가는 사람, 담뱃갑까지 버리고 가는 사람, 담배와는 상관없는 쓰레기까지 내버리는 사람도 있다. 그러니 꽁초통을 비울 때 담배꽁초는 물론 주변의 쓰레기도 줍지 않을 수 없다.

도킨스는 인간을 '이기적 유전자'로 규정했는데, 그러면 나는 이타적 유전자를 지닌 변종 인간인가? 그렇지는 않다. 꽁초통을 비치하는 심리의 밑바닥에는 이웃을 위하는 마음보다는 나 자신을 위하는 마음이 더 크게 자리잡고 있다. 내가 정갈한 동네에 살고 싶다는 저의(底意)가 있고, 또 주변을 관리함으로써 내 집의 이미지를 고양시키려는 의도도 있다.

이기심과 이타심의 관계는 대립적이지 않고 상대적이다. 결국 범주(範疇)의 문제로 귀착한다. 범주가 좁아질수록 이기적이 되고 범주가 넓어질수록 이타적이 된다. 가족 이기주의는 가장 원초적인 이타주의라고도 할 수 있다. 민족주의는 매우 넓은 이념이지만 사해동포주의에 비하면 편협하다.

사람이 성장한다는 것은 이타심을 키우는 것, 즉 이기심의 범주를 넓혀 가는 것이다. 그런데 유감스럽게도 많은 사람들이 '가족 이기주의'의 범주를 넘지 못한다. 객관적 판단 기준이 없이 핏줄과 연줄을 따라 내편과 네편을 나눈다.

딴은 가족 이기주의를 비난할 수만도 없는 세상이다. 짐승도 제 식구는 위하는데, 우리 시대에는 가족마저 팽개치는 사람들이 많으니까 말이다.

화끈 낯이 붉도록 부끄러울 적이며

●●● 백석의 시 〈남신의주유동박시봉방〉에서 '또 내 스스로 화끈 낯이 붉도록 부끄러울 적이며'라는 구절을 읽을 때 나는 과거의 어리석었던 행위들을 떠올리며 낯이 뜨거워진다. 그중에는 지우개로 박박 지우거나 먹으로 까맣게 덧칠하고 싶은 부끄러운 기억들도 많은데 남에게 해를 끼친 기억은 더 큰 괴로움을 수반한다.

어린 시절 나는 머리가 좋고 공부는 잘했지만 참 못되고 못난 놈이었던 것 같다. 의뭉스러운 짓을 하다가 아버지한테 들키면 일쑤로 이웃의 용철이형 핑계를 대곤 하였다. 용철이형이 그리 만만한 사람도 아니었는데 왜 그랬는지 지금도 이해가 안 된다.

그러다가 기어코 일이 터지고 말았다. 중학교 들어가던 해였을 것이다. 아버지가 내 말만 듣고 용철이형한테 삿대질을 하였고, 억울했던 용철이형도 아버지한테 막말을 하며 대든 것이다. 아버지는 홧김에 파출소에 용철이형을 고소해 놓고는 후회가 되셨는지 나더러 가서 취소하고 오라 하신다.

파출소에 갔더니 칠판에 아버지 성함과 용철이형 이름이 나란히 적혀 있었다. 나는 "아버지가 고소 취하한대요."하고서는 그것을 쓱쓱 지워 버리고 나왔다. 순경 아저씨는 "안돼 이놈아!"하고 소리를 치면서도 쫓아나오지는 않았다.

언제까지 피할 수 있었겠는가? 골목길에서 용철이형과 딱 마주쳤다. 그때 내가 고개를 깊이 숙이고 사과했더라면 훗날 이렇게 부끄러운 기억에 시달리지 않았을 것이다. 못난 나는 말도 안 되는 변명을 우물우물 늘어놓으면서 슬금슬금 그 자리를 피하고 말았다. 어떤 생각이었는지 용철이형은 더 이상 시비를 따지지 않았고 나도 그 후로는 용철이형을 팔아서 못된 짓을 하지 않았다.

철이 든 후에 용철이형한테 진심으로 사과해야겠다는 생각이 문득 들었다. 그러나 알아보니 그는 이미 이 세상 사람이 아니었다. 본래 술을 무던히 좋아하더니 결국 위장병으로 죽었다고 한다. 남은 가족들마저 어디론가 떠나서 마을에 행방을 아는 이가 없었다. 부끄러움은 후회로 덧칠되어 더 큰 자괴감으로 남고 말았다.

우물쭈물하다가

●●● 얼마 전부터 휴대폰에 이상이 있었는데 차일피일하면서 그냥 내버려 두었더니 오늘 마침내 암전(暗轉)되고 말았다. 서비스센터에 갔더니 자료의 상당 부분은 복구가 불가능하다고 한다.

문득 버나드 쇼의 묘비명(墓碑銘)이 생각난다.

— 우물쭈물하다가 이렇게 될 줄 알았지.

시의 겨울

●●● 시가 오지 않는다. 마음이 곡조를 잃어버린 탓이다.

시가 오지 않는다. 산천에 봄은 오는데 시는 아직 겨울이다. 얼어붙은 시의 땅에 서릿발이 칼날 같다.

시가 오지 않는다. 시가 왜 안 오는 것일까? 시는 천지에 가득한데 내게 시를 잡을 포충망(捕蟲網)이 없는 것은 아닌가?

시가 오지 않는다. 의식과 관념의 그물에 산문 잡설만 끝없이 걸려든다. 시는 철학이 아니다. 의식으로 잡을 수 없다.

시가 잡히지 않는다. 내 안에 곡조가 없으니 시가 깃들지 않는다. 언제 어디서 왜 율조를 잃어버렸을까. 어떻게 그것을 회복할 수 있을까?

내 시집을 읽어 보니 시가 참 훌륭하다. 아뿔싸! 이것은 좋지 않은 징후다. 그동안 더 나아가지 못했다는 뜻이다. 이제 나의 시심(詩心)은 말린 꽃같이 바스러져 가고 있는 것인가?

시가 오지 않는다. 이럴 때 나는 메타 인간이 된다. 길에 나서지 않고 거울을 보며 끝없이 질문을 던진다. 시는 무엇이며, 글을 쓴다는 것은 무엇인가? 인간은 누구이며 어디서 와서 어디로 가는가?

시가 오지 않는다. 철학적 우울과 정치적 분노를 내세우지만 게으른 시인의 억설일 뿐이다.

시가 오지 않는다. 시를 잡으러 나가야 하는데, 내 신발이 무겁고 길거리에는 사자(獅子)가 돌아다닌다.

시가 오지 않는다. 남들은 진흙도 빚고 수수깡도 잘라서 시를 잘도 만들더라만 내게는 그런 재주가 없다. 그저 오는 시를 기다릴 뿐이다.

시가 오지 않는다. 한때는 오는 시가 역겨워 박대했는데 이제는 시가 나를 역겨워하나 보다.

시가 오지 않는다. 이러다가 여기 앉아 좌화(坐化)하겠다. 그러면 내가 시가 되는 것인가?

좌수검(左手劍)

••• 죽는다는 것은 꼭 목숨이 끊어지는 것만이 아니다. 검객이 팔을 잃으면 죽은 것이나 마찬가지다. 학자가 연구를 할 수 없으면, 작가가 글을 쓸 수 없으면 사실상 죽은 것이다. 치매에 걸린 노인이 자식들을 못 알아보면 몸은 살아 있어도 이미 죽은 것이나 다름없다.

무협지에서 둘이 칼부림을 하는데 단순한 비무(比武)가 아니고 생사투(生死鬪)일 때는 승자가 패자를 응징하게 된다. 상대가 원수일 때는 당연히 죽이지만 그렇지 않을 경우 팔을 자르는 것으로 인정을 베풀기도 한다. 오른손에 칼을 들었으니 왼팔을 잘리면 무사로서의 생명은 유지되는 것이지만 오른팔을 잃으면 검사(劍士)의 생명이 사실상 끝나는 셈이다.

그런데 그가 포기하지 않고 왼손에 칼을 들고 피나는 연습을 하여다시 검객으로 되살아나는 경우가 있으니 이것이 좌수검(左手劍)이다. 좌수검객은 절치부심(切齒腐心)하여 자기의 본래 실력을 되찾을뿐 아니라 팔을 잃기 전보다 더욱 강한 무사로 거듭나기도 한다.

어떤 분야에서든 처음부터 끝까지 승승장구(乘勝長驅)하는 사람은 없다. 모든 성공한 사람들의 스토리에는 반드시 실패의 경험이 포함되어 있다. 실패를 통해 배운 사람들은 강인하고 현명하다. 그들은 실패하지 않는 방법을 알며 실패해도 다시 일어서는 방법을 안다. 이것이 좌수검의 위대함이다.

나는 명색 시인인데 요즘 시를 못 쓴다. 대략 첫 시집을 상재(上梓)한 이후부터였던 것 같다. 시를 쓸 수 없으면 나는 시인으로서 죽은 것이다. 그런데 이상하게도 시가 실종된 자리에 산문적 발상이 끝없이 떠오른다. 메모해 둔 글거리가 수백 편 쌓여서 그중 일부를 다듬어 수필집을 내기에 이르렀다. 그러면 수필은 나의 좌수검일까?

발문(跋文)

1.

정종기 선생이 수필집을 낸다며 나더러 발문을 쓰란다. 작가도 아니고 문학평론가도 아닌 사람한테 왜 맡기느냐 사양하다가, 해설이 아니라고 강조하기에 수락하고 말았다. 여러 해 동안 오솔 권오만 선생님을 모시고 함께 시 공부하는 사이인 데다 아끼는 후배이니 발문을 빌미로 글을 자세히 읽어보고픈 욕심도 작용했다.

〈인생 여행〉에서부터 〈좌수겸〉까지, 101편을 한자리에서 즐겁게 읽었다. "책을 낸들 과연 누가 읽겠어요? 형님도 몇 편만 골라 읽으세요." 이렇게 정 시인은 말했지만 일단 읽기 시작하니 멈출 수가 없었다. 계속 읽고 싶어 자꾸만 페이지를 넘겼다.

2.

정종기의 수필집《커피는 무엇으로 마시는가》에서 보여주는 작품 세계는 '다양성'과 '통합'이라는 말로 그 특징을 요약할 수 있겠다. 우선 소재가 다양하여 전혀 지루하지 않았다. 문학, 교육, 정치, 시사, 가족, 신앙, 심지어 무협지 이야기까지 등장해 재미있었다. 유년 시절 어머니의 돈을 '삥땅'한 죄의식을 다룬 〈어머니의 500원〉, 은퇴 후 구십 노모를 모시는 일상을 그린 <오줌싸개>는 꼬끝을 찡하게 한다. 그런가 하면, 국어 교사의 경력을 살려 시시콜콜 맞춤법에 대해 따지거나 어원 문제를 다루기도 한다. 나도 자칭 잡학인데, 이제보니 정 선생도 관심의 폭이 무척 넓다. 정 시인의 프로필에 시인, 수필가, 교사, 강도사 등 네 가지 직함이 적힌 이유를 알겠다.

여러 가지 경험을 하며 살아간다고 해서, 모두 정 선생처럼 다양한 소재로 수필을 쓸 수 있는 것은 아니라고 생각한다. 기억력이 탁월해야만 가능하다. 수필은 시와는 달리, 어떤 경험과 사연을 산문으로 풀어내야 하기에 경험한 것을 오래 기억하는 사람이라야 수필로 표현할 수 있다.

내가 알기로 정 선생은 비상한 기억력을 지녔다. 생후 8개월 무렵에 있었던 일을 아직까지 기억하여 수필에 담고 있으니, 8세 때의 일부터만 기억하는 나로서는 그저 혀를 내두를 따름이다. 그런 기억력을 가졌으니 한 번 경험한 일은 잊지 않고 여러 해를 지나서도 또렷이 재현해 내는 게 틀림없다. <과잉 기억 증후군>의 한 대목은 이렇다.

… 나는 생후 8개월쯤 되었을 때의 일을 기억한다. 나는 어머니 등에 업혀 있었고 어머니는 어떤 시골집 부엌으로 들어서고 계셨다. 그 부엌의 왼쪽 벽을 따라 누런 보리목이 어른 키높이만큼 쌓여 있었다. 나는 왼손으로 그 보리목을 한 움큼 쥐어서 입에다 처넣었다. 기억나는 것은 거기까지다.

여기 실린 글들의 창작 과정을 정 선생에게서 직접 들었는데, 일단 글거

리가 떠오르면 간단히 메모만 해 두었다가 필요하면 하루 만에도 수십 편
의 글을 만들 수 있다니 일람첩기(一覽輒記)의 실제 모델이 아닌가 싶다.

3.

'다양성'의 두 번째는 다양한 분량이다. 아주 짧은 글부터 제법 긴 글까
지 망라하고 있다. 〈우물쭈물하다가〉는 145자이며 〈복원 유감〉은 2,645
자에 이른다. 분량을 기준으로 글의 완성도를 따지는 사람은 고개를 갸우
뚱할 수도 있겠지만, 필자는 글의 길이와 완성도는 전혀 상관이 없다고 생
각하는 것이 분명하다. 대부분 A4 용지 1쪽 내외의 분량이라 읽기에 부담
이 없었다. 짧은 글들은 최인자 선생의 '손바닥 수필'을 연상하게 한다.

얼마 전부터 휴대폰에 이상이 있었는데 차일피일하면서 그냥 내버려
두었더니 오늘 마침내 암전(暗轉)되고 말았다. 서비스센터에 갔더니 자료
의 상당 부분은 복구가 불가능하다고 한다.

문득 버나드 쇼의 묘비명(墓碑銘)이 생각난다.

— 우물쭈물하다가 이렇게 될 줄 알았지.

4개의 문장으로 이루어진 〈우물쭈물하다가〉 외에도 3개 문장의 〈히말
라야 솔트〉, 11개 문장의 〈그래도〉, 12개 문장의 〈자동차의 품격〉 등
은 시처럼 짧을 뿐만이 아니라, 거의 시에 가까운 리듬을 느끼게 한다.

이렇게 단형 수필이 많은 이유는 필자가 수필가이기 이전에 시인이라
는 사실과 관련이 깊을 것이다. 정 선생은 일찍이 약관의 나이에 '다락방

문학상'을 수상하면서 시재(詩才)를 드러낸 이후 2002년에 정식으로 등단을 하고 2017년에 첫 시집《바람 날개에 쓴 사랑 이야기》를 내기까지 줄곧 시인이었다. 동인 모임에 처음으로 수필을 한 편 들고 온 것이 불과 몇 달 전의 일이다. 그러니 수필집을 내는 지금도 여전히 시인이며 시 정신이 그대로 수필 속에 깃들어 있는 것이 당연하다고 본다.

시인 윤동주가 시집《하늘과 바람과 별과 시》를 내면서 '머리말'을 쓴다는 게 그만 시가 되고 말아 오늘날 〈서시〉라 하여 애송되고 있듯, 정 선생의 짧은 수필들도 그렇게 장르의 벽을 넘을 가능성을 내포하고 있다.

4.

정종기 수필의 또 다른 특징인 '통합성'으로 우선 경수필과 중수필의 통합을 들 수 있다. 경수필(miscellany)과 중수필(essay)을 어떻게 구분해야 하는지에 대해서는 논란이 많지만 내용을 기준으로 서정성이 강한 것은 경수필로, 교술성(敎述性)이 강한 것은 중수필로 간주하는 것이 보통이다. 구미(歐美) 문학의 관습에 따라 글 속에 1인칭 필자가 노출되면 경수필로, 그렇지 않으면 중수필로 분류하기도 하는데 이런 기준은 우리나라 수필에는 잘 들어맞지 않는다.

일제강점기 이후 우리나라 문단에서 수필이라 하면 주로 경수필을 가리키고 중수필은 소논문(小論文)으로 분류하여 비문학으로 취급하는 경향이 있었다. 그런데 정 선생의 수필은 중수필과 경수필의 분류가 무의미함을 보여주고 있다. 짤막한 글 속에도 서정성과 교술성을 혼융시키고, 교술적인 글 속에 과감하게 1인칭 필자를 드러낸다. 이는 필자가 장르의 종특(種特)에 대해 무지한 것이든지 아니면 그 경계를 허물어버리는 것이든지 둘 중 하나일 터인데, 필자가 누구보다도 문학 이론에 밝은 사람임을 감안하면 후자일시 분명하다.

통합의 다른 측면으로 다른 문학 장르와의 통섭의 징후를 들 수 있다. '히말라야 솔트', '시의 겨울'은 시 같은 수필의 사례라 할 수 있으며 꽁트 같은 수필은 아주 많다. 대부분의 작품이 감상(感想)의 분출이 아닌 스토리의 구성이라는 점에서 수필과 서사문학의 접합점을 찾아가는 것이다. 이런 시도는 아직 완성된 것은 아니지만 정 선생이 다음 작품집에서 시·소설·수필의 통합적 장르를 열어 가지 않을까 하는 예상을 해 본다.

5.

내가 정 선생의 수필에서 매력을 느낀 이유가 하나 더 있다. 글과 사람이 일치한다는 점이다. 평소 정 선생이 보여주는 이미지가 글 속에 그대로 드러난다. 정 선생은 실제 강도사이기도 하지만, 목회자의 분위기가 느껴지는 분이다. 말수가 적어서 수도사 같다. 실없는 소리와는 거리가 멀다. 그 성품 그대로 정 선생의 수필은 아주 정제되어 있어서 빼거나 보탤 말이 없다. 〈시클라멘〉을 보자.

나의 책상 위에는 시클라멘 화분이 두 개 있다. 그중 하나는 특별히 관리하지 않는데도 1년 내내 빛깔이 생생한 꽃이 피어 있다. 그러나 다른 하나는 얼마나 까탈을 부리는지 물을 너무 많이 주어도 안 되고 너무 적게 주어도 안 되고, 꽃이 피었나 싶더니 금세 지고, 햇볕을 좀 덜 받으면 줄기가 노래진다.

왜 그럴까? 하나는 조화(造花)이고, 하나는 생화(生花)이기 때문이다. 살아 있다는 것은 흔들리는 것이며 변하는 것이며 까탈을 부리는 것이다. 아이들 중에 속썩이는 놈이 있으면 나는 이를 악물고 이렇게 중얼거린다.

"그래, 너도 살아 있구나!"

정 선생이 지닌 풍모 중 또 하나는 '생각하는 사람'이다. 냉철한 지성미를 물씬 풍긴다. 늘 진지한 표정, 사색형 인간이라 할 수 있다. 그래서 그런지 몇몇 작품이 머금고 있는 생각의 깊이가 도저하다. 30대 초반, 보험회사 영업사원이 뽑아준 사주팔자가 '젊어서부터 도(道)를 깨친 듯이 산다'였다는데, 묘하게 들어맞는 것도 같다. 〈기초 윤리학 퀴즈〉는 마이클 샌델의 '정의란 무엇인가?'를 떠오르게 하는 글이다.

…내가 나물을 캐러 다니는 산길 아래쪽에 머위가 무성히 자라는 밭이 있다. 나는 그 밭에 여러 날 눈독을 들이다가 마침내 용기를 내어 머위 채취를 감행하였다. 관리는 안 하는 듯하였지만 그래도 갑자기 밭 주인이 나타나면 뭐라 변명할까 궁리하며 주위를 몇 번씩 살폈다. 집에 와서 동생한테 물어봤다.

"아버지 산소 가는 길 아래쪽에 밭뙈기 세 개 있지?"

"그런데요?"

"맨 아래쪽 밭에 머위가 무성하던데, 누구 밭이냐?"

"거기 다 우리 밭이지요."

"……"

문제 : 머위를 채취할 때 '나'가 가졌던 죄책감은 '동생'의 말을 들은 순간 해소되어야 하는가, 아니면 유지되어야 하는가?

간단해 보이지만 아주 골치 아픈 화두가 아닐 수 없다. 필자가 평소에 어떤 생각을 하면서 사는지 짐작이 된다. 이렇게 직접적으로 독자에게 묻지 않아도, 통념을 반성하거나 재고하도록 충격을 주는 작품이 많다.

정치적으로 민감한 문제에 대해서도 합리적이거나 균형 잡힌 발언을 서슴지 않고 있다. 〈강남 좌파〉, 〈기독교는 왜 정치적인가?〉 등에서 상당히 민감한 정치적 사안에 언급하는데, 그렇다고 해서 급진 좌파적인 이념과는 거리가 멀다. 중도 혹은 온건한 중도좌파다. 〈강남 좌파〉의 말미에 그런 관점이 명확하게 나타나 있다.

…그러나 강남 좌파야말로 우리 사회의 희망이다. 그들은 지식이 있고 그것을 실행할 의지가 있는 사람들이다. 강남 우파가 득세하면 필연적으로 과거의 불평등 사회로 회귀한다. 강북 좌파가 세력화하면 프롤레타리아 혁명을 지향한다. 그러므로 오로지 강남 좌파의 입지가 커져야 하고, 그들이 사회의 상부구조를 형성해야 한다. 그래야만 사회의 갈등 요인을 줄이고 계급혁명의 혼란을 피하면서 '우리'가 더불어 행복한 공동체로 나아갈 수 있다.

6.

정 시인과 나는 닮은 점이 몇 있다. 농촌의 가난한 집에서 태어나, 농사
일은 잘 못하지만 공부만은 잘해, 부모님의 특별한 배려로 다른 형제들보
다 교육 혜택을 많이 누린 점이 그 하나이다. 기독교 신자이며, 일생 교직
에 종사한 점도 같다. 아마 이래서 내게 발문을 요청했는지도 모르겠다.
사랑하는 후배의 글을 정독하고 싶어 수락했지만 참 잘한 일이다.

'문학도 의사소통 행위다'라는 정 선생의 말처럼 과연 그렇다. 원고를 다
읽고 정 시인을 더 많이 이해하게 되었다. 내가 은퇴 기념으로 낸 아침톡
모음집《소소하고 찬란한 하루》의 말미에 다른 여섯 분과 함께 명문 독후
감을 써 주신 정 선생이다. 이번 기회에 그 빚도 갚을 수 있었으니 다행이
다. 정 시인에 대한 주변인들의 한결같은 기대에 부응해, 두 번째 시집, 두
번째 수필집을 조속히 세상에 내놓으시길 당부드린다.

커피는 무엇으로 마시는가

초판 발행 2024년 1월 3일

저　　자 • 정종기
발 행 인 • 한은희
편　　집 • 조혜련

펴낸곳 • 책봄출판사
주　소 • 경기도 고양시 덕양구 통일로 1276-8 (킹스빌타운 208동 301호)
　　　　　서울 중구 새문안로 32 동양빌딩 5층 (디자인 사무실)
전　화 • (010) 6353-0224
블로그 • https://blog.naver.com/anjh1123
이메일 • anjh1123@nate.com
등　록 • 2019년 10월 7일 제2019-0000156호
ISBN 979-11-980493-5-3 03810

• 책값은 뒤표지에 있습니다.